趕一趟小說的行腳

隱堂

短篇小說集

陳慧雯 著

目　錄

短篇小説

微型小說

尋覓文學中的香港
——淺談陳慧雯的小說技巧

巴桐

拜無遠弗屆的網絡之便，最近我收到了香港作家陳慧雯女士發來的兩個短篇小說：《契闊經年君何在》與《望鄉》。

讀罷掩「卷」，總的印象是：「女性抒寫、都市情緣」。一篇是《契闊經年君何在》，講述一個關於友誼的故事，探討了男女之間究竟有沒有「純友誼」，到底有沒有柏拉圖式的精神會餐，這是一道近乎無解的習題。另一篇《望鄉》則是寫了一個癡情漢子，對前妻的悔恨與纏綿的情思。

兩篇小說的題材，當然都是觸動當代女性的熱門話題。這類題材的小說要出新意，要跳出舊有的窠臼，就很考謀篇佈局的工夫。

陳慧雯的小說不以故事取勝，沒有激烈的矛盾衝突。誠如她在即將付梓的小說集自序中寫道：「我的小說無意大悲大喜，如果讀完內心泛起一層淡淡的憂傷、悵惘、酸楚、無奈、隱痛……那都將讓我欣慰。」

她的小說從女性視角出發，觀察、記錄、揭示了當代城市人正普遍經歷的情感困境，同時以優雅而又細膩的筆觸，輔以大量充滿煙火氣息的日常細節，勾勒出一個別開生面的、文學意義上的香港都市形象。

小說展開與推進的節奏是冷靜而平緩的，像一條小溪在潺潺流動。難得的是，作者冷靜的觀察，在寂靜中流連，細味喧囂，從低音部捕捉交響曲的婉轉，從漫長的省略和沉默中感受情緒的微妙變化。並由此進入大都市的微觀層面，去尋覓文學中的香港。

陳慧雯善於營造富詩意的環境氣氛。譬如《望鄉》中，對榕樹的描寫：「在總站上車，綠色小巴在士美菲路的路口掠過，告別了市鎮大廈，進入科士街，對面街道有數棵參天古榕一字排開，氣根由樹枝垂下，無數的根鬚盤旋在石壁上，形成了一堵充滿藝術氣息的牆，蔚為壯觀。每次林浩總會多瞟幾眼，他的家鄉遍佈了榕樹，他一直覺得榕樹是用根鬚在繪畫，在向都市人表達它的心境。」她將時空、情感與記憶融入了一個壓縮的空間，參天的古榕承載了一代代閩籍異鄉人的故園之思。這些描寫不是閒筆，而是為主人翁林浩思念同鄉的前妻，而拒絕女友之愛，埋下了伏筆。

同時，陳慧雯在容貌、裝扮，衣著上的描述，揉入了現代都市女性標誌性符號與元素，使得場景充滿煙火氣息。在《契闊經年君何在》中，她寫道：「與某些人約會，我一定要化精緻的濃妝，貼眼睫毛，勾勒眼線、唇線，上眼影唇彩，都是必不可少；有些場合，只要淡掃蛾眉，薄薄地塗一層口紅；幾乎沒有幾個異性，可以讓我素面朝天以本色示人，不畫眉不擦口紅，需要一定的勇氣……不過阿漢，卻是一個可以讓我素面相對的人。」顏值判斷、容貌焦慮，是一直困擾著都市女性的難題。陳慧雯以現代的觀念去解讀城市的心靈、去剖析城市人的生活肌理。因而她的故事容易引起讀者的共鳴。

在語言和小說敘事上，陳慧雯努力擺脫因襲的羈絆，試圖實現從鄉土到都市的嬗變。我們看到了她努力的成果。陳慧雯的文字是清新可喜的，但有的地方過於雕飾，顯得刀斧之痕斑駁。語言之美在於自然，陳慧雯不必孜孜於雕詞琢句，釋放文字的天性，讓文字更加靈動流暢，這是作家共同的追求。我期待陳慧雯更多小說面世，創作豐收，碩果纍纍。

列車動畫速遞

黃坤堯

坐上了 HK2019 的高鐵，高速開往水晶城 2022，沿路風光飛快地滾動，不停地變換，甚至變臉，一幕幕的場景閃爍，令人眼花撩亂。這一趟的高鐵前路悠長，差點到不了終站。其實車外就是慘烈的殺戮戰場，危機四伏，有時列車只能停擺，大家呆在車上，動彈不得，心情鬱悶，幾年下來好像都困在一個惡夢中渡過。

這趟高鐵有十五節車廂，每節的車廂就是一幕動畫，串起來剛好也是動人的香港故事。經歷了春風秋雨，夏雷冬雪，也就是甜酸苦辣，百味雜陳，眾多的小人物陸續登場，從 2019 年 9 月到 2022 年 12 月，前後三年零三個月，剛好也是香港歷史的關鍵時刻，由社會反修例的舉動開始，到新冠病毒流行，跟著封關封樓、大規模的強制檢測，作者身陷險境，帶著小女兒衝波逐浪，擔驚受怕，躲在高鐵隱蔽的車廂裡面，剛好創出了這十五幕的動畫，見證香港動蕩的歷史時刻，成就大時代永恆的記憶。

當然，歷史紀事不等於文學，要創作小說，得無中生有，必然虛實兼顧。具體環境的描繪固然重要，可是虛構的情節才是生命的主宰。虛構源於對生活的觀察，人事場景恰如其分的安排，才能擺脫乾枯的載錄，醞釀出有血有肉的生命。列車人物角色繁多，例如王嬸只是普通的學校雜工，可是暴力的破壞離曬譜，連坐地鐵都被人猛拑車門，阻住返工；而孫子小俊又喜歡穿著黑衣，在電視中差點誤認小俊犯事被捕，令她擔心不已。柳婷帶著兒子回鄉渡歲，碰上了新冠病毒爆發，除了緊張防疫，還要趕在封城前闖關回港。迂迴曲折的返程路線，車票機票改了又改，差點丟了手機，有驚無險，已是萬幸。跟著兩年後柳婷一家人確診，必須強制檢測，居家隔離，幸而得到 Edward 的照顧，才能戰勝瘟疫。還有在區議會選舉投票的清清，她努力到處拉票，期望政局穩定，可是事與願違，她所支持的政黨敗陣，對方大獲全勝，可能連愛情都輸掉，未能同行下去，心情惘惘不甘。最可憐的還有年邁的侯教授，碰上了八星連珠令人驚艷的自然景觀，在塵封的記憶中尋覓舊愛岑菲 CF（重逢），回憶六十年前在太平洋的郵輪上七星連珠與全日食相遇，浮現出甜蜜的初戀故事，可是 CF 甫一現身，前緣未續，浮光掠影，頃刻間又化作了一堆粉塵。很多香港熟悉的影像在小說中反覆再現，變成拂之不去的畫面，千言萬語，濃縮成我們的集體記憶。

列車中很多小人物其實都帶出了香港的眾生相，例如小玉、蔣太、李耘、小鄒和倩兒、張婆婆、王越、戴誠、桂嫂、林浩、高正思等，來自各行各業，不同的階層，刻劃複雜的感情世界，演繹不同的人生故事，散佈於我們身邊，總有一種似曾相識的感覺。作者手到拿來，有緣而遇，緣盡而散，也就豐富了香港的都會情緣，有夢迷離，多姿多采。

列車上還坐了幾位身體殘障的小孩，安安不良於行，小天失明，寧寧左髖關節逐漸脱離，嵌入兩根螺絲釘頂住。幸而這些小孩都能樂觀面對，在健康活潑中成長，克服了先天的缺陷，勇敢前行，活出自己的小天地。

小説行腳匆匆的收錄了十五篇作品，按寫作時間來説，大概 2019 年 5 篇，2020 年 1 篇，2021 年 4 篇，2022 年 5 篇，全部出於新創，乃特意為香港度身訂造的時代故事。

陳慧雯可以説是最近這一年半來迅速冒起的新星，由 2022 年 4 月到 2023 年 9 月，在本地的刊物《香港文學》、《城市文藝》、《香江文藝》、《明月灣區》、《香港作家》連續發表作品，加上內地的《作家報》、《羅湖文藝》等，共有十篇，佔了全書三分之二的篇章，早已得到很多主編的認同和接納，明艷照人，閃耀生輝。

張愛玲〈《傳奇》再版自序〉説：「個人即使等得及，

時代是倉卒的，已經在破壞中，還有更大的破壞要來。有一天我們的文明，不論是昇華還是浮華，都要成為過去。如果我最常用的字是『荒涼』，那是因為思想背景裡有這惘惘的威脅。」陳慧雯列車上創出的動畫剛巧也有濃厚的「荒涼」意味，感受到時代的威脅，在通往終點站水晶城的路上，疑真疑幻，恍惚同感。

2023 年 9 月 29 日，癸卯中秋夜，黃坤堯撰序。

趕一趟小說的行腳（自序）

陳慧雯

雲煙歲月，曾經有那麼一大段時間，我沉溺於舒適區，反應變得遲鈍。隨著人聲漸杳，喧囂隔絕，審視著愛的鞭笞，深信傷口總會癒合，如朝聖者般離開舒適區，踏上了創作之旅，趕一趟小說的行腳。當我逐步恢復靈動敏銳，動手編織文字，刺繡文字，雕鏤文字，鉤勒文字，在深宵中聆聽綿密的心曲創作而成。

人生沒有「如果」，豈能重頭再來；但是小說創作，你可用「如果」改寫，甚至逆轉翻盤，只要能妙筆生花，自圓其說。挪威作家易卜生曾說：「寫作即是坐下來判斷自己。」看來小說就是現實投射於心靈的另一種人生，可以按部就班，亦可另闢蹊徑。

以小說的思維方式思考人生，期待我的小說能夠表達出人性的關懷，字裡行間且吟唱且悲嗟，生發出新的藝術旨趣。有時，生活充滿絕望，你只是未遇上對的人。大仲馬説過，痛苦和孤寂對年輕人是一劑良藥，它們不僅使靈魂更美好，更崇高，還保持了它青春的色澤。過濾了思維雜質，游弋在小説的夜晚，沉潛已久的念頭如海藻般在小説植根，負荷著生命之重，我伴隨小説人物同游。

我反覆咀嚼身邊的事物，藉著小説表達對人性的質詢。「世上實在沒有時常行善卻不犯罪的義人」，《舊約・傳道書》如是説。必須抽絲剝繭，揭開偽裝者的面具——人性，如此複雜深邃，能夠既黑又白，既高大上又齷齪可鄙，可以同時具有兩面性。我喜歡用同理心換位思考，代入小説人物，設身處地體會他的情緒和想法。在本集小説的某些篇章，我想像自己是一襲婚紗，甚至跨越性別，想像自己是青年男子，描摹男性的生活細節，興許這樣更易看清事情本質，觸摸到性格的軟肋，直面人格的疾患。

相對於大人物，我更願意寫底層百姓在網羅中的掙扎，在洪流中的抗爭，他們人性的光輝。因應作家的良知説真話，描述真實的世相，唏噓弱勢社群，為之投入更多的憐憫和同情。我的小説無意大悲大喜，如果讀完內心泛起一層淡淡的憂傷、悵惘、酸楚、無奈、隱痛⋯⋯那都將讓我欣慰。

我喜歡在大自然中尋找感動，它與人性不曾泯滅的善相呼應，我在其中尋找創作激情，尋找小説敘述所需的節奏。我極力於小説中點染如煙的山水，繪描溫潤的稜線，使之不至於太生硬、太冰冷，重現內心湮滅的世界。

小說可以垂釣故事，導演人生，重塑人生，通過它佐證自己的解讀，彌補命運的缺損，修復生命。感動讀者先感動自己，讓讀者窺見隱藏內心深處的他們。情之綿延，心曲跌宕，呼喚共鳴，或許是無言的孤寂，或許是悲傷的救贖……小說所能承載的，並非簡單的故事元素所能體現，相信在生活中已付出相應代價。故事經過醞釀發酵，藝術加工再創作，等待瓜熟蒂落的季節。

艱難跋涉，趕一趟小說的行腳，雲海星空，見證一場心靈的苦旅。

2022 年 11 月 12 日，於香港澄心齋

銅鑼灣避風港 50 x 60cm, 2017　林鳴崗

趕一趟小說的行腳

隱堂

短篇小說

王嬸的心事

上午接近九點，王嬸提了一桶水，捋起袖子，戴上橡膠手套，擰乾濕布。住客趕著上班的高潮過了，升降機開始閒置。機內無人，她按到了頂層35樓，左手握一塊抹布，右手抓著另一塊，麻利地擦拭著內壁。昨晚她洗衣服時，在洗衣機翻出了兩件深色T恤，這讓她有些心神不寧。

即使在升降機內，仍然可以聽見學生在喊口號，聲嘶力竭，已經持續快五十分鐘了，一陣陣的聲浪襲來，連升降機都在微微顫動。這是附近的一間中學，平日裡口碑挺不錯的，怎麼今天一個個都戴著口罩，列隊站在馬路兩旁？難道今天不用上課麼？剛才她不止一次聽到有住客投訴「離曬譜」，原本這個小區是很清靜的，現在忽然像炸鍋一樣喧鬧了。

擦完四部升降機，步出時，王嬸的額頭已經滲出細密的汗珠，把兩鬢灰白的頭髮緊緊粘在了腦門上，汗水從胳肢窩，一直濕到後背。她用袖子揩去臉上的汗漬，又去換了一桶水。雖然她個頭大，看上去虎背熊腰的，但是年輕時跟車搬運貨物曾經閃了腰，留下了後患，所以不敢太大動作，只能小心翼翼扭捏著提著，還不好讓同事看出來，以免丟了飯碗。她知道鄰居林伯也是這樣，年輕時是電焊工，鐵屑末兒意外飛濺入眼，致使視力嚴重受損，兩米之外幾乎辨不清人的臉孔，但是在應聘看更職位時刻意隱瞞著，至今已經做了五、六年。這個秘密只有她知道。

「鄧姐，妳怎麼這麼遲才來，手機都要打爆啦！」陳經理的嗓門很大，聲音裡帶著濃重的火藥味熏來。「不好意思啊，地鐵的門被人按住，無法行駛……」「現在是什麼時勢，妳不清楚嗎，不會早點出門嗎？」

聽著陳經理不客氣地斥責，王嬸慶幸自己早上的巴士一切正常。她通常清晨八點到公司，下午四點放工，就要馬上趕去北角街市買菜，因為再遲一點，街市收檔，就沒什麼好買了，然後回家為孫子準備晚餐。她真的搞不懂，現在是什麼時勢？按住地鐵門不讓開阻礙乘客，這種行為連小孩子都知道是違法的，還有跳閘拒付費的！電視上說修例、反修例，然後又什麼再撤銷的，總之，就是一頭霧水，不明白這個社會怎麼了，大家究竟在爭什麼？

王嬸清潔著一排排的信箱，想到三年前，小俊媽跟那個有錢的白頭翁走了之後，兒子阿豪經常藉酒澆愁，將近六十歲的她只有承擔起這個家的重任。做清潔工，每個月可以掙九千元。還要除去交通費 286 元，午餐如果吃最便宜的權記雲吞麪，不帶一葉青菜的，每碗就要 18 元，按每月休息 4 天，26 天算就要 468 元。這些算術題，在心裡已經算過無數遍了。「小數怕長計哩！」王嬸倒抽了一口氣，所以她都盡量自己帶盒飯。此刻嘴裡的齲牙一陣痠痛，這顆牙已經折磨她一星期了，如果用手指摁它，它就幾乎要栽倒似的！郵箱不鏽鋼的鏡面映照出半張皺成苦瓜的臉。她之前幫忙做飯的那位鄭東家說過，拔牙之前拍片要先交 600 元，拔了牙後再交 600 元，陰公！這加起來就是一千二！其實她幫別人都用土辦法，把線套在牙上，然後一拍腦門，牙齒就乖乖出來了！可是輪到自己，總是下不了狠手，只好任由它痛。

學生喊口號的聲音已經停止，他們應該回教室去了。王嬸的心多少也平靜了一些。她來到頂層，往桶裡倒了一定比例的漂白水，貓下身子，仍舊一邊拖地，一邊想著心事。空氣裡散發著嗆鼻的氣味，她偶爾輕咳幾聲，一點兒都不在意。最近阿豪帶國外的旅行團，常不在香港，微信留言劈頭蓋臉第一句就是：「這段時間不要讓小俊外出！」腿長在他身上，孩子長大了，哪裡管得住！現在有些是學校老師帶領學生的！但是不管也不行，剛才取了一份免費報紙，頭版的照片太嚇人，血流披面的，有人還起哄起衝突！她已經把這份報紙小心地對摺，放進手袋，打算回家時與孫子分析一下利弊。警察是幫助咱老百姓的！去年她錢包丟了，還是市民找到交給警察的，裡面的身份證與三百元都完璧歸趙！嗯！今晚還是要問一下小俊比較保險，但是她想到上次的摔碗事件，不禁打了個寒噤，又猶豫了！上個月，因為社會問題，父子倆在飯桌上吵了起來，兩個人都爭得面紅耳赤，各不退讓，阿豪一氣之下，把碗摔了揚長而去，當場把她嚇得呆若木雞！小俊也爬上雙層床生悶氣，半天不下來。從那以後，大家彷彿有了默契，心照不宣似的，對時事避而不談了。這也是為何愛明姨暑假忽然帶讀大學的孫子孫女回鄉省親的緣故，這招真不錯，只是沒想到九月開學了，這些示威還沒結束。

一層一層地往下拖地，腰酸背痛，膝關節也不靈光了，就像少了潤滑油似的，總有不順暢之感。她停下來緩慢地伸直了身體，向前向後地聳了幾下肩胛骨，衣衫早已濕透，發出汗臭味。這是幾樓？已經 20 樓了，她照例靠在牆壁休息了一會兒，覺得雙腿僵硬，便蹲了下來，希望活動一下筋骨。忽然，F 室傳來了兩個女子的爭吵聲，接著木門打開了，鐵門也打開了，從裡面飛出一包黑乎乎的東西，「砰砰」兩聲，兩道門又迅速地鎖上了！這包東西正好拋在王嬸前方的地面上。王嬸嚇了一跳，趕緊站起身，仔細一瞧，原來是一疊口罩！沒等她反應過來，門再度打開，衝出一位十七八歲的少女，提著挎包跳出來，氣哼哼地撿起口罩，乘著電梯下去了。家裡的母親仍然壓著怒火在低吼。這種尷尬的場面還是避開為妙，王嬸連忙提起水桶，執著拖把轉到後樓梯間。看來，不止我遇到這樣的煩惱，現在年輕一輩的思想到底在想什麼喲。

從沒有感到腳步如此沉重，她對小俊愈發擔心起來：那兩件深色T恤也許是學校表演舞台劇要用的？也許沒有特別意思，是自己想多了，小俊不是常說穿深色的比較酷嗎？這樣反反覆覆地，在心裡為孫子找了很多理由，終於拖完了整棟大廈，走在陽光底下時，已經是午飯時間。「秦太又上街飲茶啊！」她極力讓自己開朗地露出笑容，跟住客寒暄搞好關係是極為重要的。「王嬸，王嬸！……」一連串的叫聲，讓她有不祥的預感。她緊張地回過頭去，上街買午飯的鄧姐行色匆匆地朝她走來。鄧姐拉著她的衣袖神祕兮兮地閃進了茶水間，她的心忐忑不安地狂跳了數秒。「我剛才在茶餐廳，午間新聞報導裡，有個少年被人扯下口罩，樣子很像妳的孫子小俊，我看了兩遍不敢肯定，你要不自己去看看吧！」「啊！真的嗎？妳可別嚇我！我、我現在就去看！」

這次腳步有點浮動，深一腳淺一腳，眼前的景物也上下一顛一顛的。擠進最近的一家茶餐廳。「老闆，來一杯熱豆漿！」七元錢，平時她捨不得買的，但是這次顧不上了！她一屁股坐在了木椅上，呷了一口豆漿，眼睛直鉤鉤地盯著電視屏幕。新聞在重播，她的心提到了喉嚨口，窒息般的難受，真憋氣哪！畫面裡的少年面罩脱落的那一刻，她瞪大了眼珠，好像要對著屏幕放電似的，一眨不眨。看到了，看清楚了！她含在口中的豆漿差點兒就噴了出來，如果這樣太失禮人了！這怎麼行！她的喉嚨收縮了一下，迅速往下嚥，不過動作太生硬，嗆得她粗聲咳嗽起來，滿臉憋得像柿子樣緋紅。她趕忙俯下身子，掩著嘴，緩了好一會兒才道了數聲「不好意思」！心裡已經有了答案：確實很像他，但不是他！謝天謝地，不是他！不是他！接下來品嚐豆漿就是享受了，她盡量放鬆自己，心裡琢磨著返家後如何與小俊溝通，思來想去卻總沒有個標準答案。

返回大廈的茶水間，陳經理正用手機與兒子通話，一向嚴厲的聲音變得異常柔和，平時刻板的臉倏地生動起來，特別是那對緊鎖打鉤的濃眉也舒展開了：「仔仔啊，擾亂社會秩序的行為，你覺得好嗎？……不好，我的乖仔，回答得很對！不錯！」她的眼前頓時為之一亮，之前耷拉著的頭不由地抬了起來，背也挺直了：對，就這麼説！回去就這麼跟小俊説，這次一定要好好與他談一談。心頭放下了一塊大石，此刻才忽然感到饑腸轆轆，我要吃點東西！她望向牆上的掛鐘，利索地取出盒飯，狼吞虎嚥地咀嚼著。她只剩十分鐘時間，必須在兩點前吃完，棄置在 17 樓與 4 樓的舊報刊雜誌要拿部手推車運下來，各座的垃圾桶還沒清理，平台花園還沒打掃，一大堆的工作還在等著她哩！

創作於：2019 年 9 月 19 日

發表於：《香江文藝》總第 2 期，2023 年 1 月

太平山下 60 x 90cm, 2016　林鳴崗

契闊經年君何在

「我在香港，出來吃飯！」中秋剛過，清晨八點半，當我目送女兒的校車遠去，打開微信，赫然被這條信息鎮住了！事先沒有任何預告，忽然出現在香港給我驚喜的人 —— 一位奇怪的朋友，只有他。這位多年不見的老友，忽然由紐約跑來看我了！這是他第三次飛來看我，頓時我心裡泛起了一絲暖意。

下午一點有個畫展是我擔任司儀，我心裡嗔怪著這位朋友打亂了我的計劃，原本想睡個美容覺，以最佳狀態主持活動的，但是現在睡意一掃而光。我點數了一下時間說：「你可以來銅鑼灣嗎，現在就過來，我們有兩個小時的時間見面，我馬上把地址發給你。」

我用最快的速度洗頭，吹到七成乾，長髮披肩。換好衣裳，接著收拾大提包，小心翼翼地將禮服捲好放進去，再往裡面塞了一面大鏡子，化妝袋裡擺上一條閃璨璨的項鏈，這是配禮服的，一對耳環就直接戴上。快到約定的時間了，我拎起大提包快步出門，盤算著不需要太早化妝，可以讓皮膚充分呼吸，化妝的弊端就是會堵塞毛孔產生粉刺，這些我要盡量避免。

如今的社交，與不同的人見面，會以不同的外觀形象出現。與某些人約會，一定要化精緻的濃妝，貼眼睫毛，勾勒眼線、唇線，上眼影唇彩，都是必不可少；有些場合，只要淡掃蛾眉，薄薄地塗一層口紅；幾乎沒有幾個異性，可以讓我素面朝天以本色示人，不畫眉不擦口紅，需要一定的勇氣，同時也是一種真實一種無遮擋一種零間隔，是自然心境的坦露。特別是在香港，節奏快，人與人之間很難深交，都屬於外貌協會的，大家都習慣了通過外形來判斷一個人的貧富與社會地位，習慣了裝飾自我，不過阿漢，卻是一個可以讓我素顏相對的人。

在樓上咖啡廳尋到一處僻靜的卡座，我叫了一杯卡布奇諾。喇叭正在播放貝多芬的《第 5 號小提琴奏鳴曲・春天》，旋律輕盈靈巧，如行雲流水，飄到了顧客的耳際，撥動著心弦，令人如痴如醉，亦將我的思緒帶回到二十年前。

那時，我才 21 歲，經常要周旋在阿漢與閨蜜阿昔之間，阿昔比我大三歲，恨嫁之情極為嚴重，經人介紹認識了阿漢就倉促結婚，可是蜜月期間感情已經出現問題。阿昔希望通過我來調節。那時候的我，在阿昔的眼裡儼然是一位感情專家，因為太多優秀的男生追求我、圍著我打轉，但是我都不為所動。我可以在阿昔的大呼小叫聲中，冷靜地把九十九朵玫瑰丟進垃圾槽；可以懲罰男生的多次電話騷擾，故意讓他在樓下傻等數小時；還可以大手一揮，指揮男生跑去圖書館為我搜索、複印資料。

我相信，誰都看得出我在捉弄這些男生，但是，這個奇怪的人——阿漢卻說：「小玉，妳的情商很高，很善解人意。」「妳說的，他會聽，幫幫我吧。」阿昔懇求。基於對阿昔的恨鐵不成鋼，我毅然接受了這項艱鉅的任務，我不在乎做電燈泡。他們星期天由屯門出來，就叫上我一起去逛街。三人暢談，無拘無束，我們由花園街北面的界限街開始，走走停停，有時在小攤檔買一些銀手鏈，或者買螢光扣針別在背囊上，有時就停下來叫碗豆腐花，撒上紅糖，那滋味別提多美了！我們一直往南走到登打士街，也就是花園街的盡頭，才罷休。通菜街、洗衣街等都同樣留下了我們的身影。

但是我也隱隱感覺到他對她的不滿，而且要求多多：「妳的頭髮應該染深褐色，再加一點像小玉這樣杏色的挑染，妳這樣顯得老氣橫秋；妳應該少吃一點兒炸薯條，妳知道嗎，妳的臉上有痘痘啦！……」每當這時，可憐的阿昔就像霜打的茄子般蔫了，完全失去了自信。本來她站中間位置的，也閃躲著避到我的右邊，變成兩人把我夾在了中間，真是太沒有出息了！我忍不住偷偷用指甲掐了一把她的手臂，瞪了她一眼：「拿出妳在公司培訓員工的那份自信來，不要太在意他的話，妳是很優秀的，妳忘了，王總還有意栽培妳做骨幹呢！」

事後，阿昔悄悄對我說：「他對妳很欣賞，看我不順眼哩！他嫌我下巴太短，哼！我也不客氣地反擊說他個子太矮！他上次還被我推了個踉蹌，真好笑！」

「呸！」我毫不客氣地啐了她一臉，「妳不要與他硬碰硬，妳要用女性的溫柔去化解他。」我苦口婆心地教阿昔，可惜她的倔脾氣發作起來，沒有誰可以說服她。

「阿昔要有妳一半聰明就好了！」她表姐也這樣用羨慕的語氣誇我：「她直來直去的，頭腦轉不過彎。」他們後來一起移民去了澳大利亞，但是，在那邊，他們還是無法磨合到一塊兒去，三天一大吵，兩天一小吵，逼迫婚姻走到盡頭，五年後就離婚了。之後，阿漢離開了傷心地，又去了加拿大，最終移民到美國，投靠他的表姨。

此時，咖啡廳已經換了一首不知名的曲子，悠揚的小提琴聲如春天的細雨般綿柔，將我拉回了現實。

阿漢來了，斜挎著一個米色皮包，他大我七、八歲，外表比實際年齡年輕得多，果然男士不容易衰老。他健碩的身形，讓我讚歎不已，一看就知道是健身房的常客。我忍不住伸手摸了一下他的肱二頭肌，再摁了摁，很發達硬實。他看了我數秒，說：「妳好像身體不大好。」

我沒有否認，也不需要掩飾：「是的，最近我遇到一些麻煩事，比較忙比較累。」「妳要多動。跑步可以鍛鍊心肺功能。」「我應該沒時間出去跑，不想曬太陽。」我說，「我可以只在瑜伽墊上做抬腿之類的動作嗎？」「這些只能塑形，不能鍛鍊心肺功能。妳可以去健身室的跑步機上鍛鍊。」

他點了一杯拿鐵，我們吃著榛子芝士蛋糕，不知不覺聊到十一點半。「你介意我在你面前化妝嗎，我不想去洗手間，香港的洗手間太窄逼，我們可以多聊幾分鐘。」「沒問題，當然可以。」

梳妝鏡立在枱面，我對著鏡子薄薄地拍上一層化妝水，然後在額頭、面頰、鼻樑、人中以及下巴熟練地點上粉底霜，再慢慢地推均勻，直到整張臉的肌膚變得細嫩美白，煥發光彩。這是我第一次在大庭廣眾之下化妝，而且當著他的面化妝，心裡有種異樣的感覺。也知道不太合適，但是為了爭取時間與他多呆一陣子，我沒有避忌。他跑上街抽了幾口煙，又回來坐在對面，聊著在美國編輯詩刊的情況，我一邊簡短地發問，一邊描眉、塗口紅、上唇彩。

化完妝，我說：「現在我的臉沒有那麼憔悴了吧！」他審視了一番贊同地說：「妳只是有點累，和之前兩次見面變化不大。」

他第一次專程來看我，是從悉尼飛過來的。那時是與阿昔分手後第二年的暮春，情緒異常頹喪，同來的還有他的夥伴阿泰，阿泰是中越混血兒，中文不是太靈光。印象最深刻的是那個晚上，在維多利亞公園，阿泰躺在草地上，用帽子遮著臉在打盹，我與阿漢坐在草地上，有一搭沒一搭地聊天，一直到十點多還聊不完，絲絲涼風吹來，雙臂發涼，我抱緊了雙臂。星光慘淡，他的眸子黝黑晶亮，似乎深不可測，抑鬱落寞寫滿了他的臉龐。我不知道該如何安慰他，只好說：「如果彼此在一起不快樂，分開也許是好事，而且這也是你們深思熟慮做的決定，一切往前看吧，我們還年輕還有很多機會。」第二天晚上，我帶他們去尖沙嘴海旁觀賞夜景，陣陣海風拂來，多麼希望海風能夠帶走他的憂愁。

他回悉尼，多年後才告訴我，在維園的那個夜晚，他很想可以抱抱我，我聽了感覺愕然，因為我根本沒有這方面的念頭。雖然我那時正遭遇一場感情危機，但是我說：「我是個很傳統的女子，我不會輕言放棄的，我丈夫冷落我，讓我吃盡苦頭，但是我會想辦法讓他再次愛上我的。」「再次愛上？這個有難度吧！如果咱們可以在一起多好，我們這麼投契……」他的聲音由大洋彼岸傳來，似乎在另一個世界，遙遠飄忽，那麼不現實，我只是一笑置之。那時我在 7-11 便利店上夜班，他時常泡酒吧，特意選擇半夜時分打給我，美其名曰：為我解悶。我接到他的電話，也樂於與他瞎聊，最終被開除，因為店裡的攝像頭忠實地記錄下我的所做所為，老闆毫不手軟地炒了我的魷魚。

第二次由加拿大過來時，已經是七年後，他再婚並且做了爸爸，他非常興奮地跟我分享那份喜悅，眉飛色舞，我也由衷地為他高興。他蛻變為一個成熟穩重的男人，而我想做母親的願望一直未能達成，我已經是大齡女子，再拖下去，恐怕很難生育，我向神祈禱：「請給我一個孩子吧！我想體驗一個女人該體驗的、做母親的感覺。」阿漢在一旁靜靜地聽著，雖然他不是基督徒，但是當我睜開眼睛時，看見他的眼中噙著淚水，他聲音顫抖地說：「阿玉，妳太不容易了，妳一定要幸福！」我的眼淚嘩嘩地往下淌，我的苦處誰可以理解，我不要苗條的身段，不要光潔無瑕的肌膚，如果這些可以換來一個孩子，一切都是值得的。

「我有朋友是婦科醫生，陪妳去看醫生吧！阿玉。」

「不用，我自己知道原因在哪裡……我這幾年抑鬱了，心情一直振作不起來……」我黯然神傷。

「妳要記得，多倫多有個妳最要好的朋友，妳千萬不要做傻事！」「知道的，謝謝阿漢！」我很疲憊，很想找個肩膀依靠，我望向阿漢，他的肩膀寬大結實，很有誘惑力。但我垂下了眼瞼，曾經那麼驕傲的我，而今是如此卑微。我的丈夫執意不要小孩，在他的原生家庭裡，他是長子，雙親早逝，生活的壓力全都卸在他肩頭，他既當爹又當娘，含辛茹苦地拉扯弟弟妹妹成人，現在他精力耗盡懼怕小孩，而我，又可以怎麼做呢？「沒有小孩的婚姻會長久嗎？」我喃喃自問。他心疼地望著我，嘴唇囁嚅著，卻沒發出任何聲音。

現在，這位朋友第三次出現，從紐約飛過來，正坐在我面前，而我，也已經如願以償得到了一個小孩，雖然……是自閉症兒童。丈夫無法接受這個事實離我而去。「自閉症兒童，只會沉浸在自己的世界裡。」我輕聲嘆謂。「同是天涯淪落人！……是的，我兒子也得了自閉症……希望更多的人可以關注自閉症！……我妻子這次提出離婚，我請求她等兒子再大些才離開。」他的喉頭哽嘶了。我們開始沉默不語，空氣彷彿凝結住了，心灌了鉛般的，沉甸甸的。

「為了小孩，我們要堅強！」他打破沉默，語氣比我堅定得多。我鼻子發酸，強忍住淚水，打開微信，讓他看了阿昔的照片，阿昔身形發脹，不過滿臉紅光，洋溢著幸福，一對雙胞胎兒女都是學霸，已經讀中學了。

「阿漢，我這幾天實在太忙碌，今晚有個同鄉會的活動要主持、明天以及後天的時間都排滿了，真對不起！現在我努力賺錢養女兒，單親媽媽不好當。……你會在香港多呆幾天嗎？」「我主要是來看妳，現在看到妳平平安安就放心了！妳也不要太勞累了，身體要緊！」他頓了頓繼續說，「妳這麼忙，我也不多留了，紐約有朋友交代，明天我會上街買點東西。……我應該後天就回美國吧。」

中午十二點，時間差不多了。他搶著結賬，並且不讓我送他下地鐵。我執意往下走，他無奈地跟在後面，在地鐵閘口，他提出抱一下我才離開，我沒有拒絕，我們抱在一起，他的身形很壯實，抱著他非常有安全感，我們互相在背部拍了拍表示安慰，就分開了。我強作笑容地說：「你多與家人去旅行吧，多拍幾張家庭大合照，不管以後怎麼樣，都去做這件事，給小朋友美好的回憶。」

他點點頭說：「好的。」我伸出手緊緊握住他的手，我知道自己的眼眶已經濕潤了，我不敢再看他的眼，握手用力抖動了兩下，我們彼此都很有默契地背向徑直離開，他走向入閘口，我則乘扶手電梯往地面出口，這一別，不知道又要多少年再相見，眼淚不聽話地湧出來，我極力低下頭，不想淚水溶化了我的妝，任由失控的淚珠滴落在地面！原以為會很冷靜分手，如此撕心裂肺卻是出乎我的意料，就像是與另一個我道別，隱藏內心深處的另一個我。

人生便是如此，沒有合適的時間，兩個人的軌跡無法交叉，即使是合適的人，也不會在一起。有時我想，兩個人可以相愛可以在一起，是一件多麼不容易的事情啊！與這位朋友的交往真的很奇妙！誰說與異性的關係，不是友誼就是愛情，當然不是，我與他就是一個特例。因為我與他的感情是介乎友誼與愛情之間。無話不談，但是沒有任何親密動作，這在外人看來是難以理解的，我們可以保持著如此純淨的關係。

有些朋友，即使多少年不見，他都在內心留有一個小小的隱秘的角落。多少年之後回望，他都在那裡，靜靜地進行心與心的剖白，心與心的對話，這份感情是多麼純真瑩潔！契闊經年君何在？死生歲月葉一脈。痴男怨女情意長，秋風瑟瑟吹不敗。

創作於：2019 年 9 月 22 日
發表於：《作家報》第 16 期第 4 版，2022 年 4 月 22 日
《羅湖文藝》總第 205 期，2022 年第 4 期
《香江文藝》總第 3 期，2023 年 4 月

九龍文化區 50 x 40cm, 2017　林鳴崗

穿長袖長裙的女子

「蔣太，這幾天姊妹們練歌，怎麼不見您呢？」我瞟了一眼手機的信息，艱澀地扭頭望向窗外，此刻，頸部還在隱隱作痛。

今天是出院的日子，醫院外牆的那株鳳凰木，樹冠橫展下垂，濃密闊大，在陽光照耀下繁茂生長。花瓣聚生成簇，在鮮綠的羽狀複葉的襯托下，花朵呈血紅色，顯得血腥無比。病友伍小姐跛著腳走去，趴在窗前連續拍了數張照片。但是，這顏色惹起我的不快。我撐著床緩緩起身，由床頭櫃取出化妝袋，在臉部已經褪去的瘀痕上，用粉餅麻利地撲上厚厚的粉。伍小姐關切地問：「妳真的沒事麼？」「臉上沒事就好……」我幽幽地回應，到洗手間換上一條長袖的長裙，「妳沒這麼快出去吧，這星期我兒子期末考試，我下星期才來探望妳。」

打的回到大廈，先在郵箱抱了一摞信：有生日派對的，有金婚紀念日宴請的，有美容院激光美容的，有名牌包贈送禮品的……

我小心謹慎地把衣櫃的禮服一件件攤放床上，眼光在它們上面左右來回掃視數遍，現在是 7 月，香港天氣最熱的季節，如果我選長袖的，會否太引人注目？嗯！這件雪紡袖子的，薄紗一層，雖然通透卻看不穿，這樣是正合適的。我穿上禮服，在試衣鏡前轉了一圈，高挑的身形模特兒般無懈可擊，寶藍色的裙子映襯著雪白的肌膚，每個男人看了都會醉倒，但是，我惟獨無法駕馭他。「婚姻是愛情的墳墓。」我唸叨著，心裡思忖：假如我這麼優秀的女子都無法在婚姻勝出，這世界絕大多數的婚姻應該都是名存實亡的，只不過大家掩飾得好罷了。

我戲謔地嘲笑起來，在手機上重重地摁著信息：「姊妹們，不好意思，沒有及時回覆妳們，這幾天我與老公離港慶祝結婚週年紀念日，後天晚上咱們演出完畢，到鳳城酒家用餐，我請客。」

「啪啪啪！」手機屏幕顯示伸手鼓掌；接著，「唰唰唰！」迅速竄出幾束鮮花；倏而，「砰砰砰！」，煙花凌空綻放。我滿意地盯著屏幕笑了——這是我的麻醉藥，我周身瘀傷引發的痛楚此刻得到舒緩，並且瞬間得到快感：「還是姊妹們關心我，懂得哄我開心！抵錫！（粵語：值得表揚。）」

人與人之間，必須保持一定的距離，不能太疏遠，又不能太親近，尺寸的拿捏太重要。好像這些姊妹們，你不能對她們說太多，要保持神秘感。她們對我一向非常尊重，把我當大姐大一樣擁護，說實話，我清楚她們不過是想找樂子，湊湊熱鬧混頓飯吃，而我，也絕不會吝嗇，與其節省這些小錢，不如大家一起開心更好。

我又撥打了一通電話：「郭老師好，明天早上可以到我家幫助我練歌嗎，我這幾天一直忙著慶祝活動，很需要好好練一練！拜託了！另外，這個月的學費明天會付給您！謝謝郭老師！」

演出的那個晚上，當我換上禮服由化妝間出來，裙幅褶褶，雍容柔美，果然引來一陣驚嘆。晚會表演我永遠是台柱子，我相信禮服上的閃片早已亮瞎了各位姊妹們的眼，她們全都是有閒階層家庭的太太，以學習唱歌來打發閒餘時間。

郭老師徑直衝我走來，說：「曉美，妳的舞步可以配合進去嗎？」

「應該可以，放心吧！」

「為何不是穿上次選的吊戴的，要穿這件長袖的？」

「近來體質差，受不了空調冷氣。」

三千青絲烏黑亮澤，披散在肩上，我對著鏡子捋了捋髮絲，上下左右地噴了一點摩絲與閃粉。這場演出，最矚目的那顆星是我，我很自信。雖然她們直接在髮廊讓髮型師梳了髻子，但是都無法超越我。看著她們誇張高聳的髮髻，總使我想起《詩經》裡的詩句「被之僮僮」與「被之祁祁」，那些造作的假髮髻子，以及在頭頂堆砌了過多亮晶晶的飾物，顯示了她們缺乏文化的浸潤，充其量只是漂亮的「師奶（粵語：家庭主婦）」，而我的高貴優雅是她們無法模仿的。我是某名牌大學外語系畢業的，單是這張文憑就讓她們望塵莫及，但是我從來不顯擺這個，因為這是我心裡永遠的痛。

我至今仍記得，十二年前，媽媽一邊為我戴上婚紗頭飾，一邊問我：「女兒，妳真的決定把這張文憑帶到夫家去嗎？」「是的，媽媽！」我淡定地回答安撫道，「這是我最好的嫁妝。」那時我沉迷於讀亦舒的《喜寶》，裡面有這樣一段話：「女孩子最好的嫁妝是一張名校文憑。千萬別靠它吃飯，否則也是苦死。帶著它嫁人，夫家不敢欺負有學歷的媳婦。」如今，我的心是痛的，身體也是痛的，身心俱疲。既然是我自己的選擇，選擇了不外出工作，如今，硬著頭皮也要走下去。

很快輪到我出場了，我演唱的是一首粵語歌曲與一首英文歌曲。英文歌曲是電影《魂斷藍橋》的主題曲《times gone by》。在大學時，那位令我心儀的追求者問我是否願意，我當時就是在畢業禮唱這首，狠心地婉拒了他，雖然後來我們彼此加了微信，卻從不曾為對方朋友圈留言或點讚，致使同學們都以為我倆已經相互拉黑，但實情是我們在默默關注對方。我們都明白也不想輕易介入到對方的生活。現實就是如此殘酷，曾經的愛人可以轉化，形同陌路人，不，確切地説，連陌路人也不如了。

「妳站的位置，是否射燈太刺眼？」我下台後，郭老師第一時間靠近，關切地詢問。

「不是，今天眼睛有點不舒服。」我捏著紙巾的一角輕輕拭了拭濡濕的眼角。

「不過這樣——會更有舞台表現力，很動情，很好！」郭老師朝我得意地擠了擠眼睛。

「謝謝郭老師……」

在鳳城酒家的慶祝會上，姊妹們連番向我敬酒，我只是以茶代酒，接受她們的美好祝福。

「蔣太，您怕冷，平時可以多用熱水加中草藥泡腳！」

「我會試試的！寒性體質，秋天一到，晚上就要穿襪子睡覺。謝謝王太，錫曬妳（粵語：愛死妳了）！」

回到家中已是十一點半，躡手躡腳地進入兒子的房間，幫他蓋好被子。老公的房門是敞開的。我猶豫了一下，開燈走了進去，屋內一塵不染，菲傭把一切都打理得井井有條，根本看不出他已經半年沒住這裡。床頭正中央牆上掛著一幅特大的照片，是我與他新婚時拍的藝術照，畫面的情侶含情脈脈。我按熄燈，在床邊坐下，月光輕紗似的籠罩著房間，使我有了時光回溯的幻覺。

「回不去了，這一切都回不去了……」我喃喃自語。今晚的月光比平時亮，我輕輕拉高裙裾，白晰的小腿，上面的瘀青仍然十分明顯，一道道的，我挽起袖子，手臂上的情況也是如此。我撫摸著傷痕，使勁咬緊嘴唇，我已經沒有淚水，只有心裡徹底的寒意，如同掉進了冰窖般，全身冰冷。

「滴」的一聲，一條信息傳來，是病友伍小姐：「我失眠了！您說，我這麼愛他，他怎麼可以下這樣的手！而且我還懷有他的寶寶！」

「離開他吧！趁一切都還來得及！香港墮胎不違法。」我顫抖的手毫不猶豫地輸入這兩句話，感覺自己成了殺人犯，至少是教唆殺人。

「我不甘心，八年了，為了他，我與娘家決裂了。我要用愛心感化他。下個月，他會帶我去美國參加他的大學同學會，我到時候會演唱一首歌，他會求婚，然後結婚。」

我沒有再勸她，因為另一則語言治療師的信息吸引了我：「蔣太好，您的兒子出生以來就不能開口說話，原因是多方面的，目前未有定論，希望您下星期與我預約時間。」

我回到自己卧室，把手機往桌上一丟，癱軟地趴在大床上，一動也不想動了。我在伍小姐身上看到了年輕時的自己。

「滴！」信息再次傳來。我勉強起身看一眼，是伍小姐與她男友在那株鳳凰木下的合影。照片中的鳳凰木似乎散發出血腥的氣味，瞬間充滿了整個臥房，我感到了一種窒息的難受。伍小姐嬌滴滴地偎依著男友，男友憐惜地扶著她的肩頭，環抱著她。如果預先不知道故事真相，看了照片我可能會想起浪漫的詩句：「得成比目何辭死，願作鴛鴦不羨仙。」但是現在，我看了全身都起了雞皮疙瘩。

張愛玲說過這樣的警句，也許很能說明目下的情況：「裝扮得很像樣的人，在像樣的地方出現，看見同類，也被看見，這就是社交。」

‖ 創作於：2019 年 11 月 2 日 ‖

大生圍 55 x 46cm, 2012　林鳴崗

點讀筆

清晨，沒有陽光從窗戶透進來。房間裡的兩扇窗純粹是擺設，都被木板釘死了，大白天都要開著燈，否則便是伸手不見五指。

「阿爸，學校說要買點讀筆……」女兒曉謹做錯事一般耷拉著腦袋，捏著通告小心地靠近李耘咕噥道，「450元……」李耘的心抖了一下，頭皮一陣發麻。現在他看到通告都會條件反射地想打寒戰，但是他竭力抑制住，不表露出來。他接過通告一字一句認真地讀起來，在這個過程，曉謹目不轉睛地盯著他，所以，他盡量讓面部的表情不顯得太嚴肅。過了半晌，他深吸了一口氣，抬起頭，用商量的語氣柔聲問道：「可以不買嗎？這上面沒說一定要買啊。」

「不行啊，課堂要用的，不買我就無法聆聽法語的發音了。」曉謹沉不住氣，有些焦急地從嘴裡蹦出這麼幾句話。李耘喃喃地問，有點兒底氣不足：「最遲上星期四要交支票，這不是已經過期了嗎？」「本來我決定不買，可老師說要買，會經常用到。我已經跟老師說訂購，可以補支票給學校。」

李耘很清楚他的支票帳戶已經所剩無幾。他沉重地坐在床沿，拉出抽屜，取出一包香煙：「是嗎，好的，阿爸想想辦法。」本來預計今天外出幫手裝修，忙活一整天可以掙到 700 元，可是工頭余生打來，說因為很多人近日設置路障，交通堵塞，工作臨時取消。余生還非常氣憤地提到，他昨天由深圳返港，東鐵至大埔停開，排隊轉巴士到大圍火車站抵達紅磡，不料紅隧又被封堵，只好走去碼頭，幸虧趕上末班渡輪過海，用了兩個多小時，背著背囊，拖著行李，疲累不堪！

李耘沒有認真去聽他訴苦，他也一直在留意新聞，知道前天駐港部隊由營地出來，為市民清理路障。可是，反對者的反應也愈來愈激進，還是在瘋狂地焚燒，大肆破壞公物，做最後垂死的掙扎。從上星期五、這星期一，到今天星期二，學校已經是第三天停課了，希望明天可以正常上學吧。影響到下一代讀書，是最令人揪心的事情。

李耘琢磨著上次體檢，醫生說女兒體重偏輕，原打算買瘦肉與芝士給女兒增肥，改善一下伙食，現在也泡湯了。如果在以前，這幾百元是不成問題的，但是最近的特殊情況，讓他陷入了尷尬的境地。他有些沮喪。

「阿爸，您不是說要戒煙嗎？」曉謹的聲音再度響起，仍舊是怯生生的。李耘驚醒過來，滿臉歉意地放回香煙。

「阿爸，這間學校的雜費這麼貴，咱們不如轉校吧。」

「不行！冇得傾！（粵語意思：沒有商量餘地。）這是英文中學，教學有保證，以前你媽媽也是在這間讀的，英文才說得那麼流暢。就算轉到中文中學，也要另外到補習社補習英文，功課才跟得上，補習費用也不便宜的。」李耘斬釘截鐵地把這個建議頂了回去。這間學校的活動豐富多彩，像學校旅行日等，學生必須出席，否則當曠課。他心裡是贊成的——這些活動可以增長學生的見識。只是這些名目繁多的雜費，壓得他透不過氣來。

對了！保單有現金價值能取錢出來。他眼前一亮，記起親愛的老婆阿芷之前為他買保險時，曾經提醒他可以提取出來應急。他馬上打電話給保險經紀劉先生，卻誰知劉先生在內地：「這半年，內地人陸續取消來香港買保險，業界損失慘重，我養家糊口都成問題，已經改行做導遊，正在杭州帶團。長途電話很貴，不跟你聊了，你直接打保險公司電話吧！」

打公司電話？他無奈地撥了一通又一通，全部轉到電話錄音，要按 2，按 3，再按 1 按 3……然後錄音冷冰冰地回覆：「現在線路繁忙，請您稍後再撥。」最後就是

「嘟嘟嘟」的斷線聲。諒你多麼有耐性的人，也會在這一通又一通的電話錄音前被擊潰。半小時過去了，仍然一無所獲。

李耘原先在酒店供職，這五個多月，因為香港的修例風波，酒店生意慘淡，原本一千多元的標準房，四百多元已可以入住，上個月，他澳洲的同學就回來住了四五天順便探親。酒店裁員，像他這種低學歷的基層員工，首當其衝第一批被裁掉。無奈，他只好兼職做一些水電工。他翻開賬簿，撳著計算機，這個月開工次數少得可憐。

他環顧了一下屋子，家裡如此狹窄逼仄，沒有像樣的衣櫃，衣服啊棉被啊，都打包在數個行李箱內，再挨著牆根往上一直堆到天花板。及時清理雜物是必須的，否則家裡連轉彎的空間都沒有。

門邊的紅白藍袋子，裝著昨天整理出來的舊衣物。不知何時，阿謹由裡面揀選出一件淡綠的百褶連衣裙，不需要看，李耘都知道，它的領口綴著一圈瑩爍的閃片，這是阿芷最喜歡的連衣裙，她穿起來是那麼輕盈柔美，就像一塊碧玉，把人的心都融化了。

「阿爸，您可以答應我，這件衣服不要扔掉嗎，我想長大了穿。」曉謹還是半垂著頭，眼睛望著自己的拖鞋，彷彿在請求一件見不得光的事情。

李耘的喉頭哽咽了，他的心猛地震顫了一下，立刻恢復了平靜：「可以啊，曉謹，妳喜歡就留著吧！」

「嗯！」曉謹把裙子鋪在床上，細心地摺疊好，並在外邊包上一層塑料紙，她的舉止是那麼成熟，已經遠遠超出了同齡人。平時晚上溫習功課，她會用自製的硬紙板擋住光線，以免影響爸爸睡覺。她唯一的玩具是一個會閉眼睜眼的洋娃娃，那是媽媽留給她的生日禮物。

看著她的一舉一動愈來愈像她的媽媽，李耘的心裡有說不出的痛：阿芷，我好想妳，妳快點回來吧！

「叮叮叮……」跑馬地的三叔公打電話來，說家裡抽水馬桶壞了，要找人修，他心裡一喜，從床上跳了起來：天無絕人之路！

「自行車只有在運轉時不會跌倒。得要領的人能夠在不安定的社會中游泳。」記不清是誰說過這些話。李耘只知道自己這輛自行車是不可以倒下的，而且如果大家都在游泳，他也不可以停止的。他簡單地煮了公仔麪，一塊木板擱在板凳上，再放置在床上就是簡易餐桌，兩人蜷縮對坐著用午餐，吃完，他決意動身。

去跑馬地之前，李耘走在街上，掏出一疊廣告紙推銷自己。巴士站的站牌資訊柱子，許多街招貼在上邊：有補習招生的，有旅館招攬生意的，有店鋪招租的……五花八門。通常，他都是晚上出來張貼，試過有次在寶馬山馬路邊，還遇到過一隻野豬，當場嚇得他魂飛魄喪。

巴士站的柱子被貼得密密麻麻，香港是國際大都市，維護市容整潔，是每個市民應盡的義務。可是現在，自己為了生計要這麼做，也是迫於無奈。他迅速張貼，沒等旁邊的乘客反應過來，就趕緊撤離。他順著英皇道往炮台山方向走。前面有根電線桿，同樣是街招飄飄，他望了望四周，右手擠著膠水，塗到左手的廣告紙上，再翻轉貼到電線桿上，一連串的動作，一氣呵成。不過，當他正準備離開時，一個聲音在他耳邊炸響。

「先生，你這樣是違法的！」穿製服戴著大蓋帽的執法人員一臉嚴肅地説，手裡拿著收據本之類的東西。李耘被冷不防出現的狀況嚇得愣了幾秒，才反應過來，感覺到周圍有許多人在觀看，他定了定神，強作鎮靜地説：「其實我失業了，在找工作，我是單親家庭……我們可以站到旁邊説嗎？」

那位職員點了點頭，往路邊挪了幾步。感受到街上的行人目光都集中在他身上，李耘繼續往牆邊多走了幾步，也帶動職員來到了大廈偏僻的牆角邊。

此時，他看見前面三十多米處，貼在炮台山連儂牆上的紙張飄飄，不由苦笑起來，但是與眼前的職員是説不清的。他只可以動之以情、曉之以理，這才是自救的辦法。

「其實我是單親家庭，不想拿綜援才這樣做的。我女兒讀書一流，可是學費實在太貴很難負擔。如果你不相信，我可顯示證據給你看。」李耘劃著手機屏幕，找到女兒在頒獎禮的照片以及獎狀：「請你再給我一次機會吧！」「如果我給你機會，就對其他人不公平。而且那也不能說明什麼，我見過比你慘的人多的是。你女兒是你女兒，你是你！」

聽到最後一句話，讓李耘鼓起了勇氣，他注視著職員的眼睛懇切地說：「我是因為女兒才這樣做的，我這種情況比較特殊。我和我女兒是——一個整體。」但是他的音量太小，被四周的嘈雜聲淹沒了。那位職員欠下身問道：「是什麼？」「我和我女兒是一個整體。」音量增大了一些，語氣異常堅定。那位職員聽了反而沒話回應了。

李耘這時已經鎮定下來，問，「如果開罰單給我，我是否要上法庭，是否有案底？」「你不需要上法庭，也不會有案底，但會罰款 1500 元，到時候，你可以就自己的情況跟他們解釋。」職員恢復了公事公辦的神態，他的手打開了本子。

「請再給我一次機會！」李耘叫了起來。職員平靜地回答：「我的上司也不會允許這樣做的。」李耘這才發現不遠處，另外一名制服人員背向著他們在巡視著。李耘懇求道：「能讓我與你上司談談嗎，我可以說服他。」職員看了看他，臉上露出一種猶疑不定的神色。李耘繼續不放棄地說：「你可以先警告我，先警告我……其實，在法律之外還有人情……」

職員的左手不知何時已經插在褲袋裡，在李耘正說話的當兒——或者說沒等他講完，職員就順勢由褲兜掏出了一個比半個巴掌還小的本子，說：「都是為了生計，可以理解……你能保證這幾天都不再張貼嗎？」「當然，當然可以，謝謝你！」職員讓李耘在本子上寫上自己的名字，輕聲說道：「你可以走了。」李耘大大鬆了一口氣，向他鞠了個躬，低著頭匆匆離開了。

到了三叔公家，李耘向三叔公概述了近況。三叔公沉吟了一會兒，打給他的仔仔，然後笑眯眯地拍著李耘的手背：「孫仔以前有支點讀筆，現在他出國留學，很久沒用了，你拿去用吧！」「是嗎？太好了！」李耘即刻打開點讀筆試了試，並且充上電。

他的心情如此興奮，情緒高漲地打給女兒：「曉謹，三叔公送給妳一支點讀筆，妳趕快通知老師取消訂購！妳在幹嘛？……給同學補習賺錢？好的，別太累了！今晚不煮米粉，一起到外面吃吧！」

三叔公家有許多扇窗，空氣清新，屋子寬敞明亮。連洗手間也開著窗，光線柔和，陽光暖洋洋地投射進來，李耘心情異常舒暢，他跪在馬桶蓋上幹起活來，並且不由自主地吹起了口哨，這是他以前經常吹給老婆阿芷的戀歌。那時，阿芷還未罹患肺腺癌倒下，那時，妻女經常笑靨如花，是全家最溫馨最快樂的日子……

創作於：2019 年 11 月 19 日

發表於：《作家報》第 16 期第 4 版，2022 年 4 月 22 日

石澳水域 60 x 60cm, 2015　林鳴崗

清清的情感日記

11 月 23 日，星期六，晴

人類的情感多種多樣：親情、友情、愛情、家國情、鄉情⋯⋯，哪一種在內心世界佔有更大比重呢？舉凡年輕男女，很大部分都會首推愛情。年屆四十的我又該如何將情感排序呢？

中午，我約了舊同事「大頭蝦」（粵語：很粗心的人。）在油麻地「雲朵冰室」吃午飯。

三個月前，公司主管 Richard 忽然讓我與「大頭蝦」把辦公桌搬到過道。莫名其妙！坐得好好的，為什麼要搬，而且只是我們兩個搬。過道靠近洗手間，人來人往，很嘈雜。這很明顯是欺負我們兩個內地出來的。我當時是這麼想的。後來與他爭辯未果，我憤而辭工，轉職到一家補習社。

Richard 是本地人，不喜歡我們叫他何先生，要叫英文名。我們背地裡都叫 Richard 假洋鬼子。他 30 歲出頭，鼻樑上架著金邊眼鏡，頭髮比較短，借助髮膠的力量，彷彿都充了電，一撮撮硬挺地豎立起來，顯得很有幹勁似的。私底下，我們常偷偷取笑他，很迫切希望能盼到頭髮塌倒下來的那一天。他的西裝筆挺筆挺的，西褲的中縫也是一絲不苟地對正皮鞋。皮鞋光可鑒人。對於這類型的人，我潛意識裡都盡量避之則吉。Richard 為人刻薄，做事非常挑剔，他説話語速很快，吩咐大家幹活兒時，有種權威感壓迫著你，讓你渾身不自在。平時午餐，他經常與部門經理及本地員工埋堆，撇下我與「大頭蝦」兩個相依為命。

「大頭蝦」無肉不歡，點了一客牛排。我仍然過我的 Salad Days，吃我的草。「Salad Days」是莎士比亞用以形容青澀無憂的年少時光，品味著嫩脆的沙拉，恍若重溫少不更事的青春時光，只可惜我們都是奔四十的人了，生活與工作的煩惱是一大籮。

冰室的玻璃門外，太陽欣然露著笑臉，不帶一點暴戾、驕橫，它的光芒把天地間一切空虛都盈滿了，幾株翠綠的樹木舒展著枝葉，迎風輕搖，簇簇葉片篩下許多爍亮的金點，投到行人道上。路人的腳步沒有了先前幾日的急促。這兩天，緊張的局勢稍為緩和，特別容易體現在大家的臉上。大家把此類事件暫且擱置一旁，享受著難得的片刻安寧與祥和。

「你手中的票很重要！珍惜香港，珍惜四年一度的香港區議會選舉，呼籲大家踴躍投票！」微信朋友圈發出這樣的號召。我的熱血也沸騰起來，在上面補充了一句：「強烈建議：公佈參選名單，避免投錯。」

我又寫了幾句傳給社團總幹事孟先生：「明天就投票了，我在網上下載了參選名單，但是不太放心，您可否發給我核對一下。」孟先生很快便發了文件過來，他做事就是高效率，值得讚揚！

這期間，「大頭蝦」目不轉睛地打量著我，使我心裡發毛。臨出門前，我翻箱倒篋也找不到合適的上衣搭配，我的衣服主要是深淺兩色，如今是冬日，深色最能凸顯人的氣質。可是我拎起上衣，又重新放下：在非常時期穿這種顏色，或許不太好？不怕，「大頭蝦」又不是不知道我的立場，何必拘泥於外表呢，就穿一次吧！我並不擔心「大頭蝦」誤會，我反而擔心的是，朋友們把我歸為另一類，那豈非太冤枉了！現在的我正穿著久違的棒球外套，下身配襯刺繡牛仔短裙，光腳蹬一雙小白鞋，素淡雅致。

被「大頭蝦」這番審視，我心裡有點兒緊張，手一抖，沙拉醬也不由自主擠太多了！我趕緊澄清申明：「不好意思，我穿了這種顏色的衣服，這三個月來，我已經穿膩了，才想換換，下次會留意的。」這是我第一次就自己衣服的顏色跟人道歉，想想都覺得怪怪的。

「大頭蝦」咧開嘴露出潔白的牙齒，回報我一個寬容的微笑：「沒關係，一點都不介意。妳這樣搭配很漂亮，有驚艷之感，我差點都認不出妳來了！」

如此高情商的回答可以打滿分。我小口地品嘗著生菜與番茄，用叉子挑著紫甘藍絲。富含膳食纖維的蔬菜雖然很爽口，但是味道實在太寡淡。看著「大頭蝦」的牛排泛著油光，色澤紅潤，脆嫩酥香，我毫不掩飾地咽了一下口水，忍住了。

「大頭蝦」瞥了我一眼，他見慣了我的自虐行為，開啟了話題：「妳知道麼，Richard 下班後就換衫出去行動了。」「大頭蝦」頓了頓，繼續幸災樂禍地說：「前些日子，他們那幫人到大街上毀壞交通燈，他傷到頭皮，禿了一小圈頭髮，髮型已由原先的怒髮衝冠改為三七分線。他現在是留長髮，以便遮住禿掉的頭皮。」

「大頭蝦」向我展示他偷拍 Richard 頭部的照片。以「大頭蝦」的大塊頭俯拍，一點兒難度都沒有，頭頂的那圈亮點實在滑稽可笑。這張照片成為午餐最美味的佐料，我們都忍俊不禁，笑得前俯後仰，連眼淚都飆出來了。

「原來如此！怪不得他經常打壓我們兩個，我之前還以為他歧視我們內地出來的，如此看來，政見不同才是根本原因！」

提到政見不同，我不由想起前幾星期在補習社的事情。「要抓起來！這些都要抓起來！」許女士看完電視新聞，轉向我氣憤地說道，她的臉漲得通紅，情緒頗為激動。

受到她的感染，我也隨聲附和：「是的，要抓起來，太過分了！」

許女士繼續慷慨激昂地陳詞。

同事阿紅使勁地朝我搖頭使眼色，我才恍然大悟：原來許女士是支持另一方的。我一時語塞了。正所謂「話不投機半句多。」我不再吭聲了。

事後，我旁敲側擊了解到，包括許女士讀幼稚園的兩個女兒，以及她介紹的周太與讀中三的兒子，全都是站隊另一邊的。這無疑對我是當頭棒喝。

還有那位一起登山的詩人孫女士，也曾發來一段兩分鐘的視頻，是關於有人在「連儂牆」掛紙鶴的場面。孫女士連聲哀嘆：「局勢如此，詩歌都沒心情寫了。」我摸不清對方的立場，不敢冒然表態，只能客氣地說：「對不起，其實我不知道您的政治傾向，不會刻意與人談這些，以免分歧影響友誼。相信過些日子時局會明朗化吧。」對方回覆：「總之心痛。」「大家心情是一樣的。不用太悲哀了。今天很多學生取消來補習，因為沒有交通安排。過段時間局勢就會明朗起來。」我禮節性地安慰。一直到最後，我都沒搞明白她是站在哪邊的。

「清清！妳不要再整天叫我『大頭蝦』啦！其實，我還算細心，分析問題的能力也比妳強！」「大頭蝦」大聲申訴鳴不平，讓我從回憶中蘇醒過來。

「大頭蝦」這個外號絕不是浪得虛名的，我還是覺得有必要提醒一下：「這間冰室是對立派的重店，你可知否？」

「大頭蝦」聞言眼珠像金魚眼一樣，瞪得快掉出來了：「是麼？不至於吃飯都要拿地圖查查什麼顏色吧？」

「正是！」我咬牙切齒地壓低音量，「早前有一對母女顧客為政見爭執，老闆堅決把她們趕出店鋪，不做她們生意。你不想我們被趕走吧！」

「大頭蝦」怔怔地啞口無言了。

我直接導入正題：「大頭蝦，你明天記得投票呀！」

「大頭蝦」好像沒聽到我這句話似的，耷拉下眼皮，仔細地切起牛排，他執著刀子鋸呀鋸，一板一眼的，與他的外號格格不入。他把牛排切成數塊，眼睛盯著牛排，彷彿牛排是他一生至愛。須臾，他沒有抬頭只是咕噥道：「不投。」

「你有參選名單嗎？為何不投？」我充滿疑慮地望著他。

「星期天睡覺好。」

「啊！起來投票！要投！」我著急了，用叉子敲著裝沙拉的玻璃碗，發出清脆的叮噹聲，引起旁人的側目。

「上次我還罵了我樓下一位參選的。」「大頭蝦」皺著眉頭，搖頭嘆氣，應該餘怒未消。

我不放棄：「我希望你投一下，不投就會徹底失敗。」

「我投訴他辦事不力，辦公時間做私人事情。不投了，這次又是他！」

「……」我有點兒無語了，一時之間不知所措。

對方的口氣鑾堅定的：「我曾對他說過不投他！」

我只好苦口婆心地勸說：「投他好，好過被別人上位哪！」

「別人也不投！棄權！」

「劉先生，我好失望！」我還沒試過因為這樣的事情與同事口角。

「清清小姐，我更失望！不要被人當傻佬。」「大頭蝦」大快朵頤地嚼著牛排，完全把我的話當作耳邊風。

一股無名的怒火陡地在我胸中焚燃起來，我伸出叉子，越界，叉了一塊牛排，用力扯了一口，使勁地咀嚼起來，似乎這樣才解氣。

「大頭蝦」見我氣哼哼的，不再說什麼。他默默地試探地伸出叉子，想在我的碗裡叉點兒草，卻被我一叉子敏捷地擋了回去，「叭」的一聲，他的叉子飛了出去，同時飛出去的還有我咬了一口的牛排。

氣氛急轉直下，剛才如果有 25 度，現在就是零度結冰狀態。這次怎麼讓我有種出師不利的預感。既然無法說服你，少你一票也無所謂。我有些憤憤不平地自我安慰，我不會吊死在一棵樹上。

11月24日，星期日，晴

早上八點半醒來，晨光透過窗簾上方的縫隙，斜漏進一塊塊不規則的亮光在天花板上晃蕩，很是刺眼。我打開手機，已經有信息傳來，是大哥:「我已經投了票，現在去深圳接待朋友。」發信息的時間是七點四十一分，投票站是七點半開投，看來他是首批的。一道暖陽透射進我心窩，我的心一下子亮堂起來：大哥辦事我放心。

「香港興衰，由您主宰，投出您重要的一票！」我順手群發，伸了個懶腰，步至客廳，卻發現爸媽不見影兒了。這是怎麼回事？莫非兩人一起去街市了？不可能啊，媽媽腿腳不方便，不能走太遠，已經很久不上街了呀。

過了半小時，有人在開家門，鑰匙左擰右轉，發出「啪噠啪噠」的聲音，持續了一分多鐘，就是無法順利打開。是媽媽，她年紀大了，如今很多事情都反應遲鈍。

我的鼻子一酸，趕緊上前開了門，劈頭蓋臉地問：「您去哪裡了，讓人擔心死了！手機也不帶！」

「我們也不想以後『被人代表』嘛！剛才和妳爹投票去了！」媽媽臉上漾著慈愛的笑意。這句話是我昨天吃晚飯時說的，沒想到她記住了。我的心頭熱乎乎的。

「如果您投了票，請告訴我有幾票，哪個選區。」總幹事孟先生做事非常盡職，令我肅然起敬，他正在網上統計人數。

「請寫上四票，小西灣。」爸媽、大哥加上我，一共有四票。我打算吃了早餐就去投，下午還要回補習社加班。

與我站隊同一邊的，普遍年紀都偏大。在補習社，我接到男友阿盛爸爸的電話，老人八十多歲，支持的派別跟我一致，他很氣惱，因為阿盛說太忙，分身乏術，無法幫助他。老人的住址在藍田，暫住灣仔阿盛家，因為不可以跨區投票，他希望我下班後，到灣仔接他往藍田投票。「『時危見臣節，世亂識忠良。』我要投票。」老人反覆抖索地念叨著這句詩，讓我的眼眶瞬間盈滿淚水，心裡充滿了對老人的崇高敬意。

老人年輕時，心繫祖國，不顧父輩的挽留，毅然放棄了繼承印尼的財產回國。我知道阿盛的七人車今天很忙碌，要接載一些坐輪椅的老人去投票站，而且，他的政見與我相反。原本以為這是無關緊要的小事，但是，這五個多月來，隨著政局的不斷轉變，卻大大影響了我們之間的感情。也許，過段時間，我會跟他提出分手吧？

我是在一家動物收養中心認識阿盛的，當時他幫手做義工，為一些流浪的貓兒拍照，上載到網絡。為了激發貓兒的靈性，使照片拍起來更吸引人，更快找到青睞牠們的主人，阿盛「喵喵」叫著，不斷抖動著一隻布老鼠，在三角架前拍攝不停。他眼神專注，眼眸透露出迷人的溫柔。我那天去收養一對傷殘的倉鼠，恰好看到這一幕。這使我怦然心動，讓我在剎那間明白什麼是「一見鍾情」。我自以為，一個人如果對動物尚且如此有愛心，那他對人就更具人文主義精神，就是個值得託付的人。

那天，阿盛向我講述，他小時候很頑皮，是個百厭仔（粵語：惹人厭、淘氣的小孩），九歲那年，在鄉下的大屋裡，曾經試過將一隻母貓由三樓推下樓梯，還拍手稱快。他說他現在非常後悔，耳邊一直回蕩著母貓痛苦的嘶叫聲，所以他要做一些事情彌補貓兒，安撫內心的愧疚。他說話時還一度哽咽，眼角泛著淚光。這讓我暗自稱奇，也大為感動：在香港這個金融社會，肯把時間與精力投入在動物身上的——像這樣的男士，幾乎堪比恐龍更難尋覓了！所以我毫不猶豫地把自己的名片遞上去。

我購買了一個超大型的倉鼠籠，阿盛開玩笑說，那是他見過最豪華的倉鼠豪宅！為了讓倉鼠能積極運動，盡快康復，我還專門配置了摩天輪、迷宮、秋千與滑梯等，另外還買了兩大包木糠，在這些小精靈尿濕時，要隨時更換木糠，保持籠子乾淨清爽，而且平時，牠們可以在木糠裡打滾當作洗澡。見我要帶這麼一大堆雜物，阿盛主動提出開車送我回家。之後，我們就順理成章地開始了約會。

「喵喵，貓小姐，妳好！」阿盛總是這麼稱呼取悅我的。他在微信表情貼圖下載了貓的圖片，作為我的專用。當我情緒欠佳時，這些貓圖片就發揮了強大功用。我最喜歡那張貓兒為自己梳妝打扮的圖片，貓爪一撓一撓的，動作嫺熟，網絡用語形容為「好呆萌」！每次看到牠，我都會噗哧笑出聲，心中的陰霾一掃而空。

熱戀期間，在人們都鼾聲四起時，我與他帶著貓糧，手牽手，意興盎然地從灣仔寓所出發，一路逛到維園餵貓。夜闌更深之際，維園儼然成了貓的天堂！在昏黃的路燈下，貓兒或冠冕堂皇地蹲在大路正中央，或悠然自得地躺臥在長木椅上，或三五成群嬉鬧追逐於灌木叢間……同是愛貓一族，我們拍攝了貓兒各種姿態的照片，並且樂此不疲，還把照片打印出來，評選「最萌貓星」。

這些關於貓的記憶依然歷歷在目。但是，剛滿三年，我們的感情就遭遇了「第三者」衝擊，而這「第三者」竟然是政見不一。感情即將無疾而終，我的心被灰色的雲霧籠罩著，墜入了無邊的黑暗。我不敢對老人透露阿盛的情況，以免他難過。

投完票，安頓老人回家，老人對我千恩萬謝。但是，我心裡反過來在感謝他：只有上一輩的人，才會格外珍惜來之不易的穩定美好的生活。我理解的。

老人握著我的手說：「清清，妳有時間要幫我勸勸阿盛。」他的雙眼渾濁佈滿血絲，眼袋腫脹，但眼神透露出果敢與堅定。我心裡一陣酸楚。

已經是晚上九點。投票點仍有很多人留守著監察點票，現場群情洶湧。月兒清冷的光輝灑向這座城市，今晚這座城市註定難以平靜。夜色闌珊，星羅棋佈的燈火中，我的心也隨著燈光的爍滅而浮沉，有種難以言狀的惆悵。想到阿盛，我只能說：「眾裡尋他千百度，驀然回首，那人，那人卻未必守在燈火闌珊處。」

回到家，我收到「大頭蝦」的信息：「已投，跟你一樣。」他在關鍵時刻沒讓我失望。我給孟先生發了短信：「請記上：藍田一票。九龍灣一票。」

我很疲倦，渾身酸痛，匆匆洗了澡，歪歪地躺臥在大床上，以便可以望到窗口的月亮。月光纖塵不染，盡情展示它的輝煌，似乎要為天空抹去每一絲污漬。它是如此皎潔，令人心旌搖蕩，引起多少人的無盡遐想？

遠處有人在輕聲哼唱起羅大佑的《東方之珠》：「月兒彎彎的海港／夜色深深 燈火閃亮／東方之珠 整夜未眠／守著滄海桑田變幻的諾言……」我在朦朦朧朧中睡去……

11 月 25 日，星期一，晴

晨光熹微，天空張著紗幔，鑲嵌的數顆殘星似棋盤中散亂的棋子，又似迷離的眼。我一覺醒來，忙不迭打開手機，我所欣賞的候選人得票只有對方的六分之一。點票還在進行中，可是，敗局已定！

我嘗到了慘敗的苦澀滋味，把消息發到數個微信群。其中一個文學群裡的許先生馬上回應：「查看了您發放的圖表，看到結果，十分無奈！今年下半年，政治環境逆轉，余心不服！謝謝您最早發放信息。」

「很失望。」我一點力氣都沒有，虛脫了一般。

「希望您繼續為我們創作出好的文學作品。」他說。

那一刻，我不知道從哪裡來的力量，猛地爆發了出來：「如果可以，我都想從政！」

「我們支持您！」

「我相信有更合適我的人選，只是他們還沒站出來。從今天起，我會多關注民生問題，謝謝許先生！」

「您已經很合適了！」

我認真研究了一下對方當選的議員，其中有一位二十出頭，未有任何從政經驗，此次居然也上位了。

「喵喵，親愛的貓小姐，謝謝昨晚帶我爹去投票，否則我要被罵得狗血淋頭了！」阿盛打電話來致謝。數月裡彼此用短信溝通，他的聲音居然變得陌生起來，失去了那種讓我怦然心動的特質。

「阿盛，我發現咱倆有分歧呀，還是不可調和的、致命的分歧！」我無奈地抗議。

「……沒這麼嚴重，只是文化的差異吧！」

我彷彿看到他在電話那頭煩躁地搔著頭皮，對這樣的回答我並不滿意，一時之間卻又反駁不了。

「寶寶，你不是說愛我嗎，不可以包容我、遷就我嗎？」許久沒撒嬌了，趁機撒一個，料想效果也不咋地。

「妳這個傻姑娘……，好幾個月沒看到倉鼠了，掛念的，拍短片過來讓我瞅瞅！」

有沒有搞錯？大活人一個就在你跟前不關心，關心到倉鼠去了，怎不令本姑娘氣結！

我收了線，把目光投向屋外。窗口正對著一座環形人行天橋，四通八達，直接在空中與臨近的大廈群相連。在香港這個繁華都市，最不缺的就是天橋，它是與地面車道平行的第二套步行通道，能夠毫無難度地跨越街道、鐵路、河流等障礙。此刻，我多麼期盼我與阿盛之間也有這麼一座神奇的天橋，可以跨越重重障礙而暢通無阻啊！

11 月 26 日，星期二，多雲時陰

下午，「大頭蝦」發來信息：「號外！號外！假洋鬼子這次真的成假洋鬼子了！他把自己的頭髮染黃燙曲，禿髮部位，已經紮起了一個小辮子。」我不屑地瞄了一下照片，想笑，卻笑不出來。

我在看電視播報的分析數據：「某派參選人實際上只吸納到不足六成選票，而另一派雖然保有約四成多支持，但議席得失卻與上屆大相逕庭。」四六比，聽聞這次湧現了大量新登記的選民。網絡上各種說法鋪天蓋地，甚囂塵上。我緘默不語了。

窗外的天陰沉沉的，那樣昏暗，如同一張憂鬱發愁的臉，顯露給我的是一種迷惘，使心情更顯壓抑。據說，陰天最容易誘發抑鬱症，我無法拒絕陰天。阿盛的貓圖片又發過來了，貓兒舞著爪子趴在手機屏幕嬌媚地賣萌，不過這次起了反效果，我趕忙擰開藥瓶，就著開水服下了數粒抗抑鬱藥片。

倉鼠籠擺在窗台，小精靈們正奮力蹬踩著轉盤，一圈又一圈，毫不氣餒，彷彿這樣就可以喚出燦爛的日光。牠們黝黑的眸子晶亮晶亮的，嘴裡間或發出微弱的「吱吱」聲。加油吧！小可愛們！希望一切都會好起來。我在心裡默默地祝禱。

滿城風絮，陌上塵煙，眼前的一切終將隨歲月飄過；阿盛與我將何去何從，處身時代洪流中的我們又將情歸何處？

‖ 創作於：2019 年 12 月 3 日 ‖

石澳浪花 100 x 80cmm, 2015　林鳴崗

攜手抗疫有情天（上）
一縷幽春兩地情

（一）春陰漠漠

2020 年 1 月 18 號至 2 月 1 號

地表最大規模的人口遷徙——春運開始了！2020 年也不例外，中國大地以及世界各國的各類華人返鄉流疊加：探親流、學生流、旅遊流、民工流……柳婷與兒子安安也是其中的一分子，他們 1 月 18 號由香港返回福建省福州市長樂區。

不過，今年的春節過得並不省心，甚至於是驚心、揪心！在新型冠狀病毒露出猙獰暴戾的面孔之後！新冠肺炎主要靠飛沫傳播，病症是發燒、咳嗽與上呼吸道感染等，抵抗力弱的會出現肺炎導致死亡。

柳婷沒有往任何一位親友家拜年，也沒有任何一位親友前來串門。長樂是中國著名的僑鄉，僑胞分佈世界各地。此次兩場同學會取消了，幾位定居國外返鄉的同學只能在視頻見；由澳洲回鄉的二表弟的婚宴推遲了；大姨的壽慶暫停了；與加拿大閨蜜的約會也泡湯了……

所有的活動都在這短短數日泯跡了，一切猶如被按下了暫停鍵。千門萬戶都閉關著，一張無形的巨網罩住了地球，而地球，陷落到一個時間的斷層，所有的喧囂亦戛然而止，世界杳然在耳邊沉靜，令人窒息！

2 月 1 號黎明時分，天色闇昧，一陣清脆的鳴啼將柳婷喚醒。她悄悄走到陽台邊，是爸爸在餵麻雀。四五隻麻雀正啄著米，不時啁啾著，恍似在說：「謝謝您提供食物！」牠們雖然微小不起眼，但是充滿活力，吃飽喝足，便歡快地拍打著雙翼飛向穹蒼。爸爸說：「麻雀會每天準時飛來，不可小覷這些小小的生命，一切眾生皆有靈性哩！」晨曦微微地浸潤著青暝的天幕，新的一天從遠方漸漸挪移而來，儘管天空依舊晦蒙不明。微風掠過，新鮮的空氣迎面而來。啊！這就是生命的氣息，生命多麼寶貴！

剛回鄉時可以上街，有鼎邊糊和芋粿、蠣餅、蝦酥等做早點，而今與父母親在家吃番薯粥。大家一邊看電視，一邊密切關注疫情的發展，不時發表一些見解。安安受了風寒有點頭暈，還賴在床上。柳婷給他餵了三九感冒靈，測了體溫，幸好沒有發燒！她坐在床沿，用紗布與廚房用紙縫製口罩。父母親年邁體弱，安安的體質一向也很差，假如任何一位感染，後果都不堪設想。

她感到從未有過的無助，非常渴望有人可以分擔這份驚愕、迷茫與恐慌。但是她強作鎮靜，表面言笑晏晏，在這關鍵時刻，她必須撐起這個家。她的腦海像過電影般，將前幾日的活動梳捋了一通。

1 月 18 號坐高鐵回鄉，參觀了冰心文學館。19 號與母親去教堂做禮拜。21 號白天往福州體檢，知道武漢有疫情，無人重視，無人戴口罩；晚上旋即收到消息：武漢爆發肺炎病毒，會人傳人！大家開始購買口罩、消毒水、酒精等。23 號武漢封城。24 號除夕春晚，全國上下為武漢加油。25 日，港府宣佈延遲復課至 2 月 17 號（原本 2 月 3 日）。31 日，港府宣佈最快 3 月 2 號才復課。直至 2 月 1 號，病毒已經導致 300 餘人死亡，武漢是重災區。

此次疫情，世界為之驚慟，醫護人員紛紛馳援武漢，各地華人同胞慷慨捐贈救援物資。其中香港的企業共捐款 1.8 億多，可謂全城群情洶湧，樂捐救災運動如火如荼！每想及此，柳婷的眼睛濕濡了：多難興邦，災難使中國人在守望相助中愈加團結！目前，香港的疫情相對樂觀，特首在電視上呼籲：「在內地的香港人儘快從內地返回香港。」

今天凌晨，已經有兩位親人坐飛機提前離開，基於安全原則，柳婷只能避免外出送機。由美國回鄉探親的侄子軒軒之前收到短訊，說美國出台政策：遲入境的人員要強制隔離。他原本 6 號走的，如今航班被取消，而之後可能要等到 3 月份才有航班，只好結束了假期回美。

回來過年的大姐一家，由於多停留了數日，也一直在操心上海家中的貓，怕貓打翻水盆缺水，憂心貓糧不足。江蘇曾傳出一起悲劇，飼主染上肺炎遭隔離，所飼養的貓咪竟被人活埋，此事引發眾怒。疫情防控特殊時期，上海機場的航空公司調減航班，大姐的航班也難逃被取消的厄運，她眼明手快，毅然改簽機票，拉家帶口匆匆離去。

在這非常時期，柳婷不放心離開，想多呆幾天陪陪父母。她在心裡自我安慰：此次意外地延長春節假期，難得有機會，也許可以陪父母過了元宵節才走！最近，香港的四表姑經常打來，想說服她與那位離異的王老闆交往，王老闆開雜貨店，家境優裕。柳婷心裡有點兒亂，長期疲累，她確實需要一個驛站以供休憩，但王老闆絕非那個「他」。假期沒有了收入，柳婷告訴四表姑改簽了 16 號的高鐵回港，17 號到影印鋪工作。四表姑認真地提醒：「妳回港不可馬上出來工作，要先在家隔離 14 天。」看來，香港的宣傳比較到位，防患意識亦比較強。

2月2號

福建疫情頗為嚴重，肺炎確診病例160多宗，疑似病例超過100宗，每天有幾十宗確診或疑似的在增加，現在去藥店購買退熱止咳藥必須登記身份證。近幾日大家手機不離手，每一天的政策都在變動中。

「特別的日子送給特別的妳，20200202，祝妳健康美好！」天還未破曉，呈現汝窯色調的青藍，浮嵐靄靄，濛濛欲雨。有信息捎來問候，是Edward，柳婷的心跳突突地加快了。

Edward是香港人，與柳婷同屬八零後，比她小五歲，瓷頭悶腦的，性格訥直為人實誠，經營的舊書店正對著四表姑的影印鋪。他的長髮綹兒完全遮住了兩耳，身型單薄就像一根見風就倒的禾稈兒，方格襯衫的衣襬總是塞進直筒牛仔褲內。柳婷認識他的第一天，他正捧著經典鉅著《百年孤獨》埋頭閱讀，一副如飢似渴的模樣。他還定期為多份報紙專欄寫實事評論。熟識之後，Edward才知道柳婷原來是與他通信多年的粉絲。

「謝謝Edward的祝福！」對方的祝福讓柳婷納罕，她竭力用平靜的口吻回覆他，「我在朋友圈看到的寓意好像是這樣的。」

她迅速把朋友圈的截圖發過去。圖的底色暗紅，上面白字寫著：「20200202 / 愛你愛你 / 千年一遇的對稱日」

「應該是這個意思吧！」對方反應比往常快，緊接著又發來並排的三顆紅心圖案。柳婷頓時感到口乾舌燥，腦中一片空白。

「香港這邊比較安全，妳快回來吧！我很怕、很怕妳會死！」

「你太可愛啦！我愈來愈覺得！」柳婷按捺住慌亂的情緒回覆道。

「不！我是認真的！『對我來說，只要能確定妳我在這一刻的存在就夠了。』」Edward 堅定的語氣使柳婷的心驀地一顫，食指被針尖刺出了血滴。

這句話出自《百年孤獨》。柳婷最近也在網絡上讀這本書，她撂下針線，撫了撫心口，哆嗦地用手扶著沙發坐下，陷入了深深的思索。

病毒肆虐，每日看著病例驟增，致死率在一路攀爬上升，才真切地感受到：人類是多麼渺小，死亡原來離自己這麼近，彷彿就要叩門而至！人生除了死亡，其他都是小事，不是嗎？有些人平時沒有膽量去嘗試某事，卻因此而有了勇氣。這也許亦是激勵 Edward 捅破窗戶紙的緣故吧。

手機屏幕的訊息繼續滾動著：「婷婷，我想跟妳說……妳一定一定得知道：我是愛妳的！」

柳婷深呼吸了一下，回覆道：「你……也愛安安嗎？」

「當然！」

她的內心百感交集，頃刻間，苦辣酸甜一起湧上心頭，眼睫毛一閃，兩顆晶瑩的淚珠啪嗒滴落在手機屏幕上。坐了良久，她才緩過勁來，回覆道：「那你為何遲遲不帶我見你的父母呢？」

「父母那邊我有信心去說服，相信我！等妳回港，會帶妳與我爸媽會面。最重要的是我們彼此相愛……妳，也愛我嗎？」

Edward 的回答讓柳婷非常感動，她知道他之前學拼音輸入打字，硬是把一本《新華字典》翻爛了，她相信 Edward 可以做到！她的喉頭哽咽了：「我暫時還要在福建數天，你保重自己！謝謝你的關心，我很高興，愛你！」

放下手機，籠罩在心間的陰霾漸次消散，窗外霢霂微雨，浥濯著輕塵，樹木、房屋、街道與廣場倏的清亮異常，別有一番賞心悅目之感。

她哼起小曲兒洗起頭來，頭髮數日未洗很是油膩，洗完吹乾清爽之極。她再往臉上抹爽膚水，拍打得噼啪作響，還換上久違的紅夾克，瓜子臉襯得紅潤，一雙丹鳳眼瞬間變得明麗動人。連兒子都留意到這個變化，說「媽媽穿紅的，不像媽媽了！」而父母親則評價「至少年輕了四五歲」。

（二）蕙風春明

2月3號

細碎的金光被鏤空的紗窗簾篩成了斑駁的紋樣，在被罩上晃悠著。甦醒後的例行公事是看新聞。因為此次疫情，對湖北的各個城市名稱都已經瞭如指掌：湖北不僅有武漢，還有孝感、黃岡等。西藏沒被傳染前，地圖呈一塊白色，這讓大家歡欣鼓舞，網絡上瘋傳一種西藏流行的咒語，來驅除病魔。然而，堅持到最後的西藏也淪陷了。現在，整個中華大地的地圖呈現彤紅一片了（紅色區域代表病毒感染區）。

關注著疫情實時動態不斷遞增的數字，這些逝去的患者都只是成為其中的數字，人啊，是多麼脆弱！有時，無形的恐懼不期然地襲來，攫住你，使你驚慌失措，毫無還手之力。為生活營營苟苟的心被迫逼停，不得不開始思考生與死的課題。

香港部分醫護人員要求禁止所有旅客經由內地入港，今天發起一連五日的罷工，促政府全面「封關」。這引起柳婷的焦慮：萬一封關，我們就無法回港了！

Edward 發來祝詞鼓勵：「注意防護，待到災情消彌之時，必定春暖花開、美好如意！」她的心痙攣地刺痛了一下：今年的春天好像還沒真正到來啊！

起床後，她忙著燒水泡茶，讓家人多喝熱水，保持肺部濕潤是必要的。接著，她會用消毒液消毒沙發、桌椅、門，乃至門柄、梳子與鑰匙等。之前傳聞：有人用酒精全屋消毒後開空調，引起爆炸，所以有的事情必須小心處理才好。

全球口罩供不應求，過去數週，內地的情況比香港更嚴峻，但是國家仍然支持香港，輸出了數百萬個口罩。家裡的口罩告急，舊口罩的內裡用風筒的熱風鼓吹了幾遍，循環再用。最後的絕招就是放入沸水中煮上二十分鐘，因為病毒在高溫下無法存活，蒸煮口罩在網絡上也十分盛行，在陽台晾曬口罩成了最近的常態。對面林伯陽台上亦是口罩飄飄。

柳婷知道林伯平時獨居，他的兒子在武漢工作，今年沒有回來過年。林伯是閩劇票友，收音機播放的咿咿呀呀聲傳來，時而悠揚婉轉，時而高亢粗獷，唱得好不熱鬧，側耳細聽，是《珍珠塔》選段：「前幾月就大忙迎接客人，文武官離三里就當下馬，來客多人碰人難近門前……」：

她陡然覺得喉嚨發澀，一股難以言說的淒涼在心頭蔓延開來。媽媽讓她給林伯送去兩斤福州魚丸。略感安慰的是：家中冰箱的年貨囤積得比較充足。爸爸唸叨說，扁肉、肉燕與擀麪是軒軒愛吃的。媽媽也嘮叨道，大腸、牛肚、百葉是預備給大姐煮撈化的，可惜沒吃上幾回就離開了。子女無論多大，在父母眼裡永遠是小孩。廚房的事情仍由爸媽包辦。媽媽繫上圍裙，套上袖套，由冰格裡取出牛肉牛筋，解凍，高壓燉煮，再舀一部分出來煮粉乾，真令人垂涎欲滴哪！

在家裡最常說的詞語就是「洗手」。剛才沒留意，竟然讓爸媽溜出了門，他們說出去透透氣，跑到小賣部買了兩大桶花生油回來。「千萬不要再出去啦，除了倒垃圾！」柳婷免不了又是對二老進行一番形勢嚴峻的講說。本來少言寡語的她，為了緩和緊張的氣氛，轉移家人的注意力，也隨形適意，讀起了網絡上的段子解悶，陪父母打撲克牌，大家都在苦中作樂。

正與媽媽在陽台修剪花枝，表弟來電，說外面大家都在搶購貨品，可能商鋪要停止整頓幾天，他一會兒駕車過來。柳婷全副武裝，戴口罩自不必提，還戴上了墨鏡，套了透明的塑料手套。沃爾瑪裡人群雜亂，食品架上的食物幾乎一掃而空，她最終買了兩袋米、一箱方便麵與一抽衛生紙。

下午 5 點多，港府宣佈多個關口封閉：2 月 4 號凌晨起，只剩香港機場、深圳灣、港珠澳大橋可以通關。這表明：香港的高鐵段停運！

柳婷的腦子嗡的一聲炸開了，太陽穴隱隱作痛，連忙進入「中國鐵路 12306」網退票，可是因之前取了紙質票，只可以去窗台退。哎！要坐車去福州高鐵站退，冒著危險外出兩小時不划算，還是算了吧，反正也才 517

元！現在最重要是必須買到福州飛香港的機票，她心急如焚，即刻登入攜程網，幸好仍有餘票，便選了情人節2月14號出行，訂了機票安心了一點兒，票價不算貴，她與兒子一共1301元人民幣。

2月4號

上午，柳婷為父母朗讀了網絡上的各類抗疫詩，有歌頌鍾南山院士以及醫護人員的，有為武漢加油打氣的，有寫口罩的，還有寫蝙蝠(最初曾傳言新冠病毒是由蝙蝠傳播)的……五花八門，但是多數都在喊口號。

接著，她與媽媽到臥房跪在軟墊上，挨著床沿，為疫情祈禱，為大家的健康祈禱，為安安的雙腿祈禱……安安是個殘疾兒童，自小不良於行，靠拄著雙柺行走。

在香港，與前夫仳離後，柳婷跟兒子相依為命。柳婷在四表姑的鋪頭工作，負責影印各類文件，有時候還要接單，例如酒樓的菜單與公司的產品宣傳單等，在電腦上設計並打印出來。休閒時間，柳婷愛往Edward的舊書店鑽，讓他推薦好書。四表姑也很欣賞Edward，說他有文化很上進。

爸爸喜歡在客廳窗口俯瞰會堂廣場的全景。會堂的石階上，零零星星地坐著五六人，廣場原先在這個時節是相親天地，可現在那麼冷清，扎堆兒的也只有三四人。忽而來了輛警車，警察勸籲大夥離開，才一會兒工夫，偌大的廣場便空空蕩蕩了。十字路口的紅綠燈孤單地閃爍著，以前車水馬龍的景象不復存在，公交車也停運了，除了偶爾一兩輛橙色的士呼嘯而過，似乎在逃避病毒的追捕。

吃過午飯，有點兒閒暇時間，柳婷又讀起《百年孤獨》:「回憶是一條沒有歸途的路……以往的一切春天都無法復原……」她嘆息道:「這個春天該如何復原？今天是立春哩！」

她低頭瞅了瞅趿拉著的貓頭拖鞋，此次病毒是在豬年末爆發的，一直延續至鼠年，她自認為穿上貓頭拖鞋可以避邪，驅走病魔！這不妨礙她成為一名虔誠的基督徒，她每天仍會為疫情祈禱。

下午柳婷小睡了一會兒，然後與安安在小客廳投籃，幫助他拉筋，輔導他功課，再與父母拉拉家常。

傍晚 5 點左右，各住宅區突然放起了鞭炮，一陣接一陣，驚天動地，噼噼啪啪聲你應我和，此起彼伏，好不熱鬧！今年立春時辰是下午 5:03 開始，為討個吉利，爸爸也在大門口與陽台都放了一大串鞭炮。此刻，老百姓的心是相通的，唯願響徹雲霄的爆竹聲可以驅走可惡的病魔，復原中華大地一個明媚的春天！

攜程的信息傳來，取消了 2 月 14 號上午 11：10 的航班，改成當天晚上 8 點多的。這個航班太晚，柳婷改簽為 15 號上午的，系統回覆必須等待處理。

就寢前，看了看官方的統計數字：截至 2 月 4 日 24 時，福建省累計報告新冠肺炎確診病例為 205 例（危重症 9 例、重症 14 例，無死亡病例），其中：長樂區佔了 6 例。累計治癒出院病例 7 例，目前住院病例 198 例。疑似病例共 91 例，尚有 4193 人正在接受醫學觀察。反觀香港確診病例不足 20 例。

柳婷還回想起瀏覽過的一則新聞：武漢的一位父親被隔離 6 天后，17 歲腦癱少年獨自在家，無人照顧死亡。她難過極了，由此想到了自己，在被窩裡不知不覺已淚眼婆娑了。她知道去香港肯定安全得多，但是她又不願意離開父母，飽嘗左右為難的況味。

（三）曉出春行

2 月 5 號

午餐時間有快遞，是 Edward 由香港快遞來口罩 30 個，真是雪中送炭哪，同時寄來的還有一條粉紅的絲巾。快遞員已經不被准許進入小區。門衛守著閘門口，十分盡責地檢查出入證，量度體溫，外地的車輛也被拒絕入內。這讓柳婷安心了許多。

晚上 5 點，香港宣佈：將於 2 月 8 日凌晨起實施強制檢疫令，凡 14 日內曾到內地人士，不論是香港居民、內地人或其他國籍旅客，必須留在家中、酒店或政府指定禁閉設施接受強制檢疫，為期 14 天，違例者可被罰款 2.5 萬元及入獄 6 個月。

看來，最好在 8 號前 —— 即明天與後天趕回香港。但是這兩天，已經沒有福州直飛香港的機票了！改簽已經沒有意義，可是在改簽狀態無法退票，網絡上一時又取消不了改簽！柳婷被折騰得眼花繚亂，哎，暫時擱一旁吧！

兒子安安肚子有點不舒服，比較乏力，柳婷的情緒亦因此甚為低落。

朋友蔡亦紅在廣東海豐探望她的老父親，買了強制檢疫令實施前一天即 7 號、班次為 D2301 的高鐵票。走？還是不走？柳婷掙扎了良久。走，憂心高鐵的 5 個小時車程會否被傳染；不走，遲些回港要強制隔離 14 天，有可能被交叉感染，而且延誤兒子學習。

最後，思來想去，她還是覺得和亦紅搭乘同一班次比較穩妥，到終點站深圳北時有個照應，可以與她一起打的去深圳灣關口。但是安安病蔫蔫的，不知道他明天能不能走。柳婷心裡沒底直犯嘀咕。強制隔離的消息，她暫時沒告知家人。

她在梳妝鏡前圍上絲巾，在胸前打了個蝴蝶結，心裡泛起了一絲甜蜜。其實生活是美好的，不是嗎？她想起 Edward 的口頭禪就是「美好」，也許正是這種積極樂觀的精神打動了自己，才芳心暗許的吧！

還是 Edward 在給她鼓勁：「如果妳在 8 號之後回港也沒關係，香港的強制隔離區應該是設在度假村，香港的醫療服務設施很先進，妳不要有太大壓力。」

2 月 6 號（上午 6:00—下午 2:00）

清晨 6 點，柳婷睜開惺忪睡眼時，安安已經醒了，他的身體大致無恙，精氣神兒已經提起來了。柳婷欣喜萬分，命令他繼續再睡一陣子保持體力。等到 7 點多柳婷起身，安安已經坐在沙發上，精神奕奕。她心裡如同陽光撩開了烏雲一般暗喜，睡意一掃而空。

她將與亦紅同行的計劃跟安安商量，取得一致意見準備下單時，發現票已售罄。柳婷按了「候補」，再按「下一步」，卻誰知需要「人臉識別功能」。她將攝像頭對著臉，試了幾次都沒成功。在安安提醒下，紮起頭髮露出雙耳，還是不行，換了安安來試也不行，這樣已經過了半小時。早上 8 點了，柳婷想還是讓大姐幫助買吧，她用微信撥電話，可是打不通，只好留言，希望可以幫助候補到票。

柳婷有個強烈預感：7 號是限制令實施的前一天，那天一定是人潮洶湧。她的眼前出現了車站人頭攢動的情景，這使她連打了數個寒噤。她覺得候補的希望太渺茫，天上不可能掉下餡餅。時間一分一秒地掠過。盯著屏幕，她發現 7 號早上另一班有 3 張票，不由欣喜若狂，趕緊下單，手機卻在付款時忽然卡住了，只好登出網站，再登入時票已被人搶走，只剩下 1 張！柳婷與安安兩人沮喪地對望了一眼，她的心涼了。

要抓緊時間！柳婷無奈地又按回今天 6 號，餘票不多！下午 2:07 的班次還有票。柳婷尋思著，如果買這趟，大概晚上 7 點到深圳北，然後再打的到深圳灣，過關，坐直通巴士回到香港，再打的回到住所。安安行走不便，如果晚上 11:00 前能平安到達就謝天謝地了。

沒有朋友同行，可以順利抵達嗎？又要拖行李，又要帶著安安，柳婷心裡發怵。但是安安白了柳婷一眼說：「咱們自己走吧！」在他的心裡，媽媽是萬能的，是超人，沒有什麼是媽媽解決不了的。看到兒子對她的無比信任，柳婷瞬間有了勇氣，勇氣是處於逆境中的光芒，不是說「為母則剛」嗎！柳婷很能夠理解這句話的內涵。她深吸了一口氣，決定只是兩個人走，購買了今天下午 2:07 的票。

接下來，就是如何告訴父母。好在有安安在身旁，柳婷像吃了顆定心丸，心裡總算有些著落。媽媽聽了以為有朋友陪同走，表示贊成說：「如果有朋友一起走，我就比較放心！我也希望你們早日出去，不然不知道拖到什麼日期！」

他們開始匆忙地收拾行李，安安的功課和課本佔了行李箱的一半。爸爸往柳婷手裡塞了幾張 50、20、10 元的零錢。大家都很捨不得突然的離開。爸爸問柳婷，之前原本是幾號走，柳婷說是 2 月 2 號，她故作輕鬆地聳了聳肩，說：「今天 6 號，多住了 4 天，這次假期賺了！」

10:30 左右，為了行程中有體力，柳婷逼著兒子喝了一大碗牛奶，自己也喝了一大碗。

11:45，表哥的車來了。母子倆與親人告別，說暑假再回來。可是，柳婷知道今年暑假無法回來，因為安安腿部要動手術。

汽車徑直開出小區，一路暢通。馬路上看不見人，車輛寥寥無幾。行駛到會堂的十字路口，在等交通燈時，柳婷搖下車窗，朝著住宅大廈揮動起粉紅的絲巾，心裡滋生勃發的一縷牽念，如隨風飄飛的絲巾般綿柔……她知道父母親正倚在窗口目送著他們遠去，之前強忍的情緒頃刻釋放出來，她的眼角溢出了淚花：親愛的爸爸媽媽，女兒走了，你們一定要保重！再見！

汽車繼續在公路上奔馳。柳婷仔細地檢查了一次證件。一路上，看到各個村莊的村口都有人把守，不讓外村人及車輛進入，有的村口乾脆砌了磚牆，封得密密實實了。柳婷與表哥閒聊著這次的疫情。

快到站時，柳婷摸了摸背囊不由怔住了，匆忙中竟然忘了帶手機！香港與內地的兩部手機都忘帶了！因為安安出門前一直在用手機聽《哈利波特》英文版，他們顧著出門要戴口罩，可能放在沙發上了！車子只好掉頭往回開！可是這時候已經 12:40 了！時間緊迫！

「不如我叫滴滴到小區西門，讓爸爸乘滴滴送手機上來吧，怕來不及！」

「這幾天，這裡的滴滴都停運了，沒有滴滴了！」表哥回答。

大家都靜默無語。安安滿臉自責的模樣。柳婷也委頓不振，一副葳葳蕤蕤之態！

返程中，有警察在收費站前截停，嚴肅地要求出示身份證。表哥出示了駕駛證，上面有住址信息。柳婷趕緊用福州話解釋並出示了回鄉證。見是香港的，警察要求他們下車，柳婷著急了！表哥也在旁求情：「我們是長樂出來的，你們要不拍下車號吧！」警察猶豫了一下，也許看到車牌是長樂的，終於點頭放行了。大家的心頭都放下了大石。

表哥加大了油門，車子箭般疾馳，委實危險！柳婷提醒表哥不用開太快，可以改簽下一班。其實她心裡根本不知道下一班有沒有票。如果沒票走不了，那也是老天讓我留下的，就陪父母一起過日子吧！

「前方的路限速，要開快也不行了！」開到一半，表哥説。他停了車，跑到加油站服務區的洗手間，一會兒，又急忙趕回來。

即將到家，柳婷叫爸爸把手機帶到小區閘口。爸爸焦急地問高鐵來得及嗎？她假裝神閒氣定，胡謅說已改了下一班，就抓著手機回到車內。

她馬上打開手機查看，2:30 的那班還有票，可以推遲 20 多分鐘，她調整呼吸，讓自己鎮靜下來，核對了日期與時間無誤，趕緊下手改簽。大家繃緊的神經到這一刻才完全放鬆下來。

到達福州南站時是 1:43，告別表哥，柳婷讓安安在入閘口等，她趕緊往地下跑，按照路牌找到售票窗口，幸好排隊的人不多，不過售票員說不用取票。柳婷又往上跑，與兒子會合，帶著兒子入閘進了候車廳，此刻正好兩點。

（四）春郁芊芊

2 月 6 日下午 (2:00-8:30)

在高鐵上，柳婷收到亦紅退票的信息，她最終沒有走，留在老家陪老父親。柳婷跟她說：「妳就安心留下照顧老父親吧！妳兒子大了，應該可以照顧自己，我在香港有空也會去看他的。」媽媽也發來信息，說林伯的兒子確診感染了，林伯信佛，在陽台又是點燭又是燃香。柳婷半晌沒反應過來，心裡一陣悲愴。

網絡上，有記者在採訪留守的武漢青年義工：「你們有過害怕嗎？有過恐慌嗎？」「肯定有害怕過，恐慌過，但是我們不能跑啊，因為這是武漢，是我們的城市啊！」這個義工回答。短短的幾句話讓柳婷感觸頗深，不禁想起《罪與罰》裡說的一句話：「我唯一擔心的是，我們明天的生活能否配得上今天所承受的苦難。」

坐在高鐵上，柳婷意外地在背囊找到一個口罩，是以前用來防曬的。現在，她戴著兩個口罩，雙重保險，還用絲巾把頭髮包起來。Edward 給柳婷打了電話，叮囑她在高鐵上，除了吃午餐盡量不要吃東西，因為戴著口罩是最安全的，柳婷覺得這個提醒很有道理。

由於柳婷之前在攜程購票，留的是內地手機號，她擔心回到香港，攜程無法與她聯絡，無法退款，所以她希望利用高鐵的 5 個小時辦好退票手續。事實證明這是不可能做到的，熱線電話是錄音，人工服務枱一直佔線，搞了一個多小時也沒進展，令人心灰意冷，只好發了訊息，留了香港的聯絡方法。

初次去深圳北站，擔心沒有計程車的接駁服務，她預約了滴滴。高鐵還未 7:30 已經抵站。柳婷叫了輪椅服務，列車員幫助推著安安。滴滴的上車地點離得很遠，柳婷抱歉地取消了訂單，在高鐵專用的計程車站上了車。

夜晚，天空像大海一般浩渺。深圳這座不夜城，霓虹交相映輝，廣場上噴泉沖天，水池裡的水向上翻滾著，異彩紛呈，但是沒有行人駐足觀望。

司機提醒他們：「深圳灣關口非常擁擠，人人都趕著回港，你們要做好排兩三個小時的準備，排隊之前先上一下洗手間。」

司機繼續介紹，這個關口晚上12點關閉，超過12點，排在後面的人就不讓過了！柳婷聽了，心裡咯噔一聲響，趕緊詢問附近可有什麼酒店。司機說現今不景氣，住快捷酒店兩三百塊就可以，關口早上6:30過關。

她握緊了兒子的手，正在彷徨之際，Edward發來信息，說他已經在深圳灣關口等，會接他們一起過關回港。

2月6日 晚上（8:30-10:30）

晚上8:30到達深圳灣關口。還是兒子眼尖：「媽媽，Edward哥哥在售票處！」Edward穿著天藍色球衣，他見到柳婷便興奮地跑過來，並揚起手機屏幕顯示：「我愛妳。」柳婷的臉一陣發燙，她放下手中的行李，嬌羞地在胸口比劃了一個大大的心。這下可把安安看呆了，他大聲叫道：「媽媽羞羞！」Edward又往手機上打字，給安安看：「安安好，叫我叔叔，不要叫我哥哥！」安安有點兒不知所措地說：「可是，我之前都叫你哥哥的呀！」看著安安的窘態，柳婷與Edward都笑了。

Edward買了三張直通巴士票，幫手拖行李，還取來健康申報表，協助著填表：高鐵班次、座位、香港住址以及回鄉證號碼等，搞了一大輪。柳婷在一旁拿派做勢，在手機上寫字：「你這麼瘦弱怎麼保護我，顯得我比你胖，等你增肥了才來找我吧！」Edward 笑了，掄起手臂，示意他的肌肉。

「等疫情過了，你陪我們一起吃火鍋吧！」

「好，沒問題！」

他們往出境的方向走去，一起過綠色通道。有工作人員量體溫，接過了申報表，看了一下，投入一個很大的紙箱裡。他們繼續往前走，檢查完回鄉證，過閘，香港這邊還要再填一份健康申報表，檢查香港身份證。

出了安檢大樓，Edward 往前快走幾步，把行李箱放入巴士的行李艙，再折返回來，細心地扶著安安上巴士，他的額頭沁出了細密的汗珠，這讓柳婷感到非常暖心，也很感動。他們尋了座位坐下。香港的溫度比長樂高很多，安安已經熱得不行了，鏡片蒙上了水氣，他開始脫衣服，柳婷也趕緊把紅色棉外套脫了。

這時候，柳婷才有喘息的機會。打開微信，收到爸爸的短信：「過一個百感交織的年。每年一到年終，總希望晚輩回家團聚，今年也不例外，可過好年沒幾天，從心底就想叫他們早些離開老家，這是什麼狀況？這是什麼爺爺奶奶！這是什麼外公外婆！難過！」爸爸從來沒有發過這麼長的短信，她不禁潸然淚下。

柳婷趕緊向父母報平安，請他們不要牽掛。

「當一個人走過一棵樹影婆娑的大樹，怎能不感到幸福呢？當您能跟一個您所愛的人說話，怎能不感到幸福呢！……世界上這樣美好的事物比比皆是……」這句話是哪個作家說的已不重要，重要的是柳婷感受到了久違的幸福。

她與 Edward 仍然用手機交流。

「妳的美甲裂了，手也粗糙了……」

「那你嫌棄我嗎？」

「不會的。」

「你愛我兒子嗎？」

「他是妳的小情人、小寶貝，我妒忌呢！」

「去你的，你真壞！……」

這時，安安悄悄地湊到柳婷耳邊說：「媽媽，我知道 Edward 哥哥為什麼留長髮，是為了遮住助聽器！他是聾啞人，可是他好像很樂觀、很自信呢！」

「是的，身體的殘障不算什麼，最重要心靈要夠富足、夠強大！」

巴士外，夜空深邃，難得可以望見，玉盤似的滿月在雲中穿行。它將如水的月光灑向廣袤的大地，皓色千里，在人間留下了關於春日的幾多遐想……

‖ 創作於：2020 年 2 月 14 日 ‖

華燈初上 81x100cm, 2013　林鳴崗

攜手抗疫有情天（下）亭前垂柳珍重待春風

（一）冬至之約

人的生命中總有某個關鍵的轉捩點，柳婷與 Edward 戀情發展的轉捩點是 2021 年 12 月 21 日的冬至。鑒於 Edward 父母的棒打鴛鴦，戀情伴隨著新冠疫情處於膠著狀態已經兩年多了。「冬至大如年」。快要過年了！可是今年在企盼通關的日子裡苦熬著，最終希望又落空了，苦澀的泡沫大舉進攻在心底翻騰激蕩著，淹沒了所剩無幾的甘甜。

那日清晨，天幕明淨似水，呈現半透明的澄藍。他們相約在銅鑼灣的「東海薈．拉斐特」飲茶。尋了一張臨窗的茶座，透過玻璃窗往外望去，維多利亞公園就在近旁，猶如一幅織錦美不勝收：本港最大型的購物盛事之一 —— 第 55 屆工展會再度重臨維園，上屆因疫情移師網絡，今年市民可於線上線下雙軌購物。極目瞻望是波平如鏡的維多利亞港，天星小輪於維港兩岸往返忙碌，數艘漁船浮遊其上，幾隻海鷗掠過海面翻飛。對岸的尖沙嘴碼頭隱約可見。

飲茶氣氛安詳中略帶一絲不可言說的微妙，面對面坐著，因應 Edward 耳疾的緣故，用手機打字交流已成習慣。柳婷向他述說昨晚做的噩夢：一部升降機好似將冒煙，她沒乘坐避開了，之後升降機竟然爆炸了！她感到幸運的同時又心有餘悸，向他詢問夢境的吉凶。Edward 搖了搖頭展露了一個溫文爾雅的笑容，說她只是平時太疲累，女兒家就是想太多了。她總覺得夢境沒有這麼簡單，必然預示著某種徵兆，不過他拍著她的手背撫慰她，讓她不好再借題發揮下去。

飲茶完畢，他們通過維園正中的林蔭大道步行前往天后站。來工展會購物的人流陸陸續續地進場。可惜今年大會取消了熟食區，看不到市民大快朵頤的熱鬧場景了。

場內不准飲食及試飲試食就失去了很多樂趣，否則我倒是可以帶安安來逛逛。柳婷沉浸在自己的思緒中，不知不覺加快了步伐。Edward 顛著小碎步跟著，幾次嘗試牽她的手，都沒能如願。

「妳今天走這麼快不累麼？」Edward 打字問。

「以前我在學校是長跑隊的。」柳婷按鍵淡然回應。

「是麼，怎麼沒聽妳提起過？」

「你沒聽過的事多著呢！」她的語氣很衝，使Edward微微發窘。

柳婷放慢腳步在一株蒲葵前駐足。蒲葵傘狀地伸展著枝葉，分為新葉、舊葉、枯葉三層次，最下層已經萎黃，有一枝乾枯甚至折斷下垂，如同病患的手無力地墜下。她下意識地伸出手，心疼地撫摸著這片焦葉，想到與Edward的感情仍處於拉鋸階段，不由地鼻子一陣發酸。多少次，為了不讓Edward為難，她欲言又止，打好了短信又刪除。不過現在、此刻，她不想再忍了，滿腹委屈火山般不設防地爆發而出。她用語音輸入功能一氣呵成地對著手機逼問，口罩幾乎要貼到屏幕——彷彿對著Edward的臉：「為什麼你要在我的生活中出現？你可以永遠停留在我的手機裡、網絡裡、微信裡，這樣也不錯！而且我也沒有很多時間陪你，我要照顧安安，在我的生命裡，安安永遠是排第一！」説完這段話，似乎透支了她所有的體力，竟然開始大口喘氣了。接著，無論Edward再問什麼，她都懶得接碴了，一副若即若離的模樣。

之後柳婷才得知，Edward看到這一連串的質問，當天回家直接收拾了行李，不顧雙親的阻攔搬出來獨住了，他要用這種行為跟父母對抗。也許他的父母會以為柳婷是背後的始作俑者。柳婷的內心隱約有些焦慮，不過，她已經無從顧及這些，如果任何事情都要解釋就活得太累了，問心無愧坦然面對就好。他們後來都看到新聞，知道兩星期後，一位染疫的空姐母親於銅鑼灣「東海薈・拉斐特」飲早茶，使鄰桌茶客中招。

困在家中的時間愈來愈多，柳婷最近都在清理雜物。整理書櫃時，她翻到了一張大學時的照片：青澀的笑容，皮膚吹彈可破，紮著兩條馬尾辮，抱著吉他於宿舍的床上盤腿而坐，正在彈奏民謠——那時候她是多麼癡迷俄羅斯民謠啊！看到這張照片，她嚇了一跳，幾乎忘記了自己曾經擁有過那樣的青蔥歲月。彼時，連眼眸的光都是純淨的、溫和的。她記起大學年代，自己是很喜歡笑的，有次上課鈴響了，還與同桌收不住笑，要老師走到她們課桌前才止息。無憂無慮的歲月早已消逝無蹤，那個活潑開朗的她已經遠去，留下另一個沉靜寡言、不苟言笑的分身駐守著。

很多朋友會問她，來到香港有無後悔過，她無從答起。生活沒有完美的，不完美才是常態。以前自己追求完美的脾性，要徹底摒棄掉。只有坦然接受不完美，她才能輕裝前行，才有力量活下去。如果可以在不完美的基礎上，把生活演繹得多姿多彩，那就是進入極致狀態了——而這一直是她努力的方向，她必須以身作則，才能對傷殘的兒子起潛移默化的引導作用。她的第一身份首先是母親。身為母親讓她變得勇敢堅強。她始終認為，如果一個女人沒有做過母親，那會是很大的遺憾，來自母性闡發的各種體會是獨特且刻骨銘心的。如果有下輩子，她仍然想做一位母親。

從冬至起，Edward 的朋友圈便開始填描「九九消寒圖」，他寫的是：「亭前垂柳珍重待春風」，出自徐珂的《清稗類鈔．時令類》，這個聯句共九字，每字皆九畫，自冬至始，日填一畫，到九九八十一天填字結束，冬寒在一筆一劃間隨之消融，萬物復蘇的春天亦登臨了。

填字遊戲在冬日漫長抗疫的苦候中，給柳婷帶來些許慰藉。她也著手畫一枝素梅，花瓣共計八十有一。「少女情懷總是詩」，日染一瓣，恍若青春重煥了熠彩，她的內心也蘇醒般芳香四溢春光明媚起來。待到瓣盡九九出，則春臨大地矣！或點朱砂，或著濃墨，這對情侶用特有的方式呼應著彼此心中的熱望。書寫人生，大致就是如此，認真地一筆一劃地努力，才能一點一點接近目標哩！

（二）疫情洶湧

香港一月初爆發了第五波疫情，來勢洶湧，一發不可收拾。不時聽到新聞報導，說各區污水樣本均驗出新冠病毒，多座大廈有同座向或同層單位出現感染，部分居民需要撤離。新冠確診及初步確診個案持續攀升，屢創新高，防疫抗疫形勢嚴峻，醫療物資短缺，公立醫院不堪負荷出現「爆棚」。竹篙灣檢疫中心用作社區隔離，讓無症狀或症狀輕微的患者入住，另外啟動「居安抗疫」計劃，安排次密切接觸者在家檢疫，須佩戴電子手帶，定期報告快速檢測結果和身體狀況。

一大早，Edward 發來《九九歌》:「一九二九，不出手；三九四九，冰上走；五九六九，沿河看柳……」他在提醒她:「亭前垂柳珍重待春風」，他寫到了她的姓氏「柳」。她的心倏地被愛意充盈，如沐浴在暖陽之下，全身心的暢快，享受到被捧在手心呵護的感覺。她張開雙臂猶如柳樹舒展枝條，邁著細碎的步子款擺著疾轉跳起舞來，舞姿輕盈飄逸，贏得安安的鼓掌喝彩。她特別留意了一下日曆，今天是 1 月 17 日。這樣的好心情維持了好幾日。

當 Edward 寫到「待」字第一筆時，已經是 2 月 13 日，柳婷也隨之受到暗示般，感覺到等待的漫長。疫情引致各行各業停業減薪，出現了裁員潮，很多商鋪倒閉。情人節亦不能外出，被迫相隔兩地。這樣的情勢使這對情侶尤為煎熬。

2 月 19 日，暗淡的天空被晨曦漸次照亮了，屋外右邊的飛鵝山清晰可見，山光淡蕩，顯得如斯突兀貼近，彷彿觸手可及。水霧彌漫飄渺不定，變魔術似的在數分鐘內將紗帳籠罩而下，隱去了飛鵝山峰頂，只剩下半個身子坐落著。柳婷時而喝著維生素 C 熱飲，時而支頤雙手靜坐窗前欣賞雲霧迷濛的奇景，難得地享受著獨處的美好時光。她望了望鬧鐘是八點，安安還在酣眠中。

如此美景太迷人了，我可以外出散散步，再去店鋪幫助安安影印工作紙，柳婷打算著。她沒有留意今天氣溫驟降只有 8 度，而前兩天還是 16 度。她沒有穿羽絨服保暖，隨手披了件棉衣就出去了，等她回過神來已經來不及了。可能剛才受了涼，她想。吃過午飯她極度睏乏，鑽進被窩蜷縮著午睡，體內的陰冷一陣陣地逼來，她交叉雙臂抱著自己，愈縮愈緊。傍晚時也抵不住睡意，又睡了一小時。晚飯後，她趕緊打起精神去藥房買了僅有的四盒感冒沖劑，沖熱水喝下，感覺神清氣爽。應該復原了吧！她自我寬慰道。

翌日 20 號清晨，叫安安起床，他說頭有點暈，把柳婷嚇得魂飛魄散，即刻泡了感冒沖劑讓他服下，安安說感覺還不錯，便起身做功課。過半小時給他水喝，他說喉嚨痛難以吞咽。她情知不妙，給自己又沖了一劑，飲下，覺得應該基本恢復。她又用滾水消毒餐具。不過，她低估了病毒的威力，發病的前幾天是體內毒性最強的時候。至晚上十一點，她的喉嚨痛得厲害，說不了話，有痰咳不出，還老咳嗽、打噴嚏及流鼻水。病毒肆虐，彷彿上火似的，在口腔逼出了兩粒口瘡，連舌尖也潰瘍了，痛得她要微張著嘴呼吸。她吃了一片止痛藥，還是痛，過一小時實在受不了，又吃了一片。這樣折騰到半夜兩點才睡著。

第三天 21 號早上六點醒，柳婷去看了安安，摸他的額頭沒發燒，稍微放心，自己泡了一包感冒沖劑喝，喉嚨仍然痛，又吃了一片止痛藥。聽到安安上網課都在乾咳。Edward 得知情況也擔心不已，他託在萬寧工作的朋友內部搶購了十五盒連花清瘟膠囊，八盒給他父母，另外七盒他自己留著。他告訴柳婷，「亭前垂柳珍重待春風」，他已經寫到了「待」字的最後一筆，終於等待完畢，春天即將來臨。

下午兩點 Edward 寫了一半新聞稿，就抽空約她拿連花清瘟膠囊。這種藥最近在網絡上被傳得神乎其神，由石家莊以嶺藥業研製，能抑制慢性阻塞性肺疾病引發的急性炎症，鍾南山院士等人的研究認為，連花清瘟能夠抑制嚴重急性呼吸綜合症冠狀病毒 2（SARS-CoV-2）的複製，降低促炎細胞因子，從而緩解 2019 冠狀病毒症狀。之前國家中醫藥管理局贈送一批中成藥給特區政府，包括了連花清瘟膠囊與藿香正氣片，令它名聲大噪，一時香港各大藥房都售罄。柳婷跟美國以及新加坡的同學聊起，她們說兩年前疫情爆發初期，她們由內地一整箱一整箱郵寄連花清瘟到國外救命，很多華人都是吃了它康復的。還有個特殊吃法，可以掰開膠囊殼倒出藥粉，混一點冷開水，含著慢慢下咽，緩解喉嚨發炎腫脹疼痛非常有效。那時連花清瘟緊缺，她們吃三天脫離了危險期就不再吃了，轉為吃其他感冒藥。

Edward 説已經為她準備了幾盒，約她在鰂魚涌地鐵站交接，並安慰她一定可以緩解不適症狀，叮囑她不必過於焦慮。

「婷婷，不要擔心！沒事的，相信我！」這是 Edward 的原話，他總是那麼自信。

在這關鍵時刻，也只有 Edward 是我的依靠，她心裡嘀咕著。這真是個特別的會面，命運喜歡惡作劇。原先，他也常約她在地鐵閘口，都是送一些小禮物，像胸針啦、頭飾啦之類的，可是今天卻是來取藥，還是救命藥！她想到昨天香港新冠病毒確診個案是 6067 宗，有 14 名病人離世，她的心被壓了一塊磚頭似的，沉甸甸的。身邊的路人來去匆匆，各個都神色凝重，疫情把大家的笑容悄悄竊走了。此次應該可以拿到三盒，也許四盒。她盤算著。在地鐵閘口，她看到他迎面走來，仍然是那麼精瘦，走路帶風，他遞過來一個塑料袋，打字告訴她：「給妳六盒，我自己留一盒。」

「啊！」她一時沒反應過來，叫道，「你夠不夠，多留兩盒吧？」她取出藥，但是他退後一步擺擺手，打字道：「先救妳。我夠了。」她的心淙淙地淌過了一泓甘泉，瞬間溫暖。她滿懷感激地告別了他，如獲至寶地將藥品抱在胸前，生怕別人搶走似的。她深知，一盒藥在關鍵時刻可以挽救一條人命，這絕不是危言聳聽。她要好好利用這些藥，一定物盡其用，才不辜負他的一番苦心。在街道等小巴的當兒，她發現袋子裡還有四盒新冠病毒抗原檢測試劑盒，她的眼眶瞬間噙滿了淚水：這就是他 —— 樸實無華的他、一向不起眼的他！在她最無助之時，甚至乎生死關頭，他把生的希望毫不猶豫地往她這邊多挪了一大截。這樣患難與共的朋友不多了。她的心底倏地亮堂起來，照亮了兩個字：「珍惜」。

傍晚，柳婷計算著這批藥夠吃 9 天，正常隔離需要 14 天，那麼剩下的 5 天就沒有藥吃了，該怎麼辦呢？她記起在朋友圈看到香港長樂聯誼會最近的義工活動，為染疫鄉親上門提供抗疫物品，如連花清瘟膠囊、口罩及消毒液等，做了大量的跟進工作，這讓她燃起了一絲希望。她試著聯絡長樂會執行會長陳學干先生說明情況，陳先生爽快地答應會送藥，但是要過兩天才有貨。她留下了電話與地址，心裡舒坦了些。

「媽媽，任何時候，生命都要排第一，是嗎？」安安在幼稚園時，對生命充滿好奇與敬畏，很愛問此類問題。「是的呀兒子，保住性命，你才能見到媽媽！」柳婷總是不厭其煩地解答。安安上了小學五年級，因疫情緣故要上網課，課餘做功課異常拖拉，時常做到晚上十一點。柳婷很擔心，安安的體質原本就差，動不動就生病，長期睡眠不足如何是好！

這天晚上，他做了一半功課，忽然躺在床上說頭痛。柳婷心裡一驚，感覺大事不妙，取出溫度計測量了一下，老天哪，38.6 度！她的心倏地一墜，重重地挫了一下：最不想看見的事情發生了！五雷轟頂般，她的整個腦袋幾乎炸開。這幾日，香港公立醫院早已超負荷，病房入住率爆滿，大批老人小孩因為沒有打疫苗確診了無法入院，被安置於院外空地的流動病床和帳篷內，天寒地凍，甚至需要鋪鋁紙保暖。有人等候多天仍未能入院。有議員形容，香港疫情已淪為第三世界。而且有些私家醫院表示不收新冠患者。

自我檢測沒有懸念，兩人都呈陽性。這項檢測讓她聯想到十幾年前的驗孕，那時，為了可以順利懷孕，每個月都心驚膽戰地自測驗孕，伴隨著無數次失望的折磨，直到某日發現驗孕棒顯現了兩條線——上天的恩賜！她還記得那時內心的狂喜！世事難料，如今是新冠病毒抗原檢測卡亦顯示了兩條線，卻是驗出病毒，要人命的病毒喲！生活極具諷刺性，不是嗎？

如果在平日，病情突發，大家都會依賴醫生，不過現在非常時期，入院是不可能了，安安唯有自救——留在家裡用自身免疫力去抵抗病毒。

「需要我過來嗎？親愛的婷婷？」

「不用，謝謝，我可以應付。」

「保持鎮靜，在家裡可以自救，不用慌張。現在醫院指望不上了。」Edward 為她鼓勁。

「知道的，好的，謝謝你！」她深呼吸了一下，告誡自己要冷靜，必須有條不紊地去做，才能避免出現紕漏。

按捺著焦慮的情緒，柳婷把之前收藏的短片調出來重播數遍，讓自己熟悉新冠輕症確診如何在家中自救。

「家裡有退燒藥嗎？」Edward 提醒。

她翻出退燒藥以備不時之需，心情逐漸平復。發燒表示身體在與病毒作戰，但是不能超過 39 度。她定時量安安的體溫，將數條濕毛巾放進冰箱，再逐一取出敷額頭降溫，每隔十五分鐘就換一次。發燒將消耗體內太多水分。她泡了維生素 C，以前濃度高比較酸，安安總不喝，這次她特意加了很多溫水稀釋逼他服下。她自己也泡了一片喝了一大碗。她要挺住才能救他。

時間一分一秒地過去。黑夜編織了一張撲朔迷離的大網，她是一隻飛蟲，要帶著小飛蟲掙脫這張無形的大網，她可以破網突圍麼？夜晚是那麼漫長。等待她的是什麼？

「剛才安安服了連花清瘟，這藥有降溫療效。」她沒有那麼惶恐了，「幸好之前接種疫苗，我打了兩針科興與一針復必泰；安安打了兩針復必泰。情況才沒有那麼糟。」

「妳也保重，最好也休息一下，不然會累垮的。」

「我要觀測體溫，好的，坐下休息了。」她一直忙碌著，他在網絡那頭陪伴著她，半夜一點半，終於等到安安退燒，可謂大功告成逃過了一劫。

她累壞了，倒頭就睡，窗外仍有人在大聲擤鼻涕，咳嗽聲一陣高過一陣、急促過一陣，樓下救護車警笛撕心裂肺的慘叫時不時就響起，恰如一把利刃劃破了細綢，令人心驚膽顫。鬧鐘在兩點半喚醒了她，測量安安體溫正常後，她接著睡下，這次才算放心了！夜闌更深，窗外有隻鳥在咕咕嘎嘎地鳴啼著，似乎絮叨著什麼心事，且讓一切的喧囂漸漸由耳邊淡出吧，她打了個長長的呵欠，進入了久違的夢鄉，酣眠是夜給她最好的禮物。

（三）強制檢疫

染病的第四天 2022 年 2 月 22 號是個非常特殊的日子，正值農曆正月二十二，數字 2 的諧音是「愛」，寓意充滿愛意與幸福。比起傳統的情人節，數字上的巧合讓這個千載難逢的日子變得格外搶手，更容易吸引年輕愛侶將此作為結婚領證日，他們都非常珍視這樣的儀式感。據民政局的統計，多地在當天預約領證的新人數量已經滿額。

6 個 2，不可思議，這麼多「愛」！ 柳婷想到數字竟然可以促成許多情緣。兩年前疫情爆發初期，Edward

就是在 2020 年 2 月 2 日向她示愛的。「20200202 ／愛你愛你／千年一遇的對稱日」，她不會忘記這些數字的奇妙作用，恍似冥冥中在為戀情推波助瀾一般。不過，她比較偏理性一些，覺得在婚姻生活裡心與心的相連才是最重要的。

「6 個 2 很多麼？」Edward 的話語帶著疑慮。

「當然啦，難道還有 7 個 2、8 個 2 不成？」她毫不客氣地搶白。

當晚，他發來一連串數字：「20220222 2222」。

「啥？」

「數數多少個 2。」

「10 個，咋地？」

「愛妳這麼多！妳看看現在的時間。」

「哦！明白了！」原來現在是 2022 年 2 月 22 日 22 時 22 分！Edward 真是有心人！

安安這兩天請病假，希望盡量多睡眠多喝水，用自身的免疫力去抵抗病毒。她自己也爭取多睡，睡久了，後腦勺在柔軟的枕頭上竟然都恪得發麻生痛，左轉右轉，都不盡人意。

染病的第六天 2 月 24 日下午，柳婷詢問香港長樂會的執行會長陳學干先生關於藥品事宜，他說他也正在等待，已經等了三天，並且發來了截圖。原來，內地的一批抗疫藥品集裝箱已經到了香港碼頭，但是要排隊等候，政府的防疫物資要先卸貨，而且，不走運地，香港碼頭發現了一例新冠陽性患者，碼頭作業唯有被拖慢。好吧！既然如此，只有繼續耐心等待。陳學干先生還熱心地推薦了口碑極佳的中醫師的地址與電話，以及視像應診的 WhatsApp 號碼。

「真是好心人哪！」柳婷讚嘆著，又發了信息向香港廈門聯誼總會的秘書長李毅立先生求助，李先生雖然在廈門，仍然第一時間發微信交代了香港秘書處李小姐，並託香港理工大學方平教授給她帶兩個防疫包。這世界依然充滿了愛。

本座大廈強制檢疫的短信傳來。「強制檢疫」，她從字面解讀的意思是：任何人都不可豁免的檢疫，是公民都必須遵守的，否則就是違法。她一向是嚴格遵照政府指引做事的守法公民。安安前段時間摔倒，右腳面中間的骨頭斷了三根，現在用雙拐仍然舉步維艱。柳婷向屋邨的議員辦事處借了輪椅，推著他坐巴士去觀塘警署附近的公園強檢。強檢的人流目測有百餘人，市民井然有序地排著長龍。

幸好傷健人士可以優先，他們很快就輪候到核酸檢測職員的桌前，遞上身份證，職員邊敲擊鍵盤邊例行公事地問，是否自測過？「是的，兩個都是兩條線。」「兩條線！」職員恐懼地把身體往後一縮，「兩條線不可以出街了，要趕緊回家打衛生署電話。」匆匆忙忙地，他們又坐了計程車回家。政府指引不清晰。回到家已是五點半，撥了衛生署電話，誰知卻轉到了電話錄音，是個女聲清脆急促：「對不起，已經沒有剩餘的位置錄音，byebye！」

Edward 發來了信息：「醫院最新宣佈，醫護染疫七日自測轉陰性可以上班。」這條信息大大地撫慰了她，說明大概七天可以痊癒，情況不至於太嚴重。這樣推算起來，藥品的事情倒也沒有那麼緊逼了。

「確診患者康復後，核酸檢測連續 2 至 3 次陰性，沒有傳染性，就是痊愈了，是正常人，是可以接吻的。」他專門告知。

她壓抑不住心的一陣亂跳，兩頰緋紅，晶亮的眸子遊動著，臉龐不由自主地綻放出嫵媚的嬌羞。

閨蜜小芳也染病了，看西醫開了三天的藥，拍了照片發來：一樽止咳藥水（醬油色）、止痛的膠囊（半黃半綠）、收鼻水的（淺綠色）以及消炎消腫的藥片（白色）。因為她無法忍受發病的痛苦，竟然與中成藥連花清瘟一起服用。其實柳婷又何嘗不是如此，她也私自加大了說明書裡的用藥劑量，連花清瘟每天只可服用 3 次，但是她服用了 4 次，目的只有一個 —— 希望快些緩解不適盡早康復。

除夕前日買的水仙仍未開花，念花心切，讓她操碎了心。整株水仙葉叢繁茂，她用紅綢帶環繞縛著，避免枝葉散亂倒下。為了防止只長葉不開花，她精心培養，晚上放掉水，白天讓它曬太陽。花苞僅開了兩個，一個已經萎蔫，另一個也有發黑的跡象。福建漳州是水仙的著名產地之一，已經有四百多年的栽培歷史。在童年記憶裡，春節的家中總有水仙相伴。爸爸買來水仙鱗莖雕刻，去除死皮，在芽處切十字口，使鱗莖鬆開發育膨脹，以便能夠更好地抽芽。家鄉長樂冬天溫度極低，經常要加溫水催開花，讓它在春節準時綻放。

晚上八點迷迷糊糊睡著了，醒來九點多，發現在長樂的媽媽曾發來視頻「突擊檢查」，連發數次，很驚慌地留言詢問母子是否健康平安。媽媽有三個子女，但是每次子女出狀況，她都可以精準地感應到，一時讓柳婷感慨良多，母愛就是如此偉大！母女心連心哪！她趕緊趁著喉嚨沒有很痛，還可以說說話，與媽媽視頻相見。網絡那頭的媽媽仍然一副驚魂未定的模樣，直到親眼看到她與安安的笑靨如花才放下心。這就是母親。每當柳婷遇到不如意時，想到媽媽，就倍添力量，媽媽一直影響著她，她知道自己的堅韌，遠不及媽媽的十分之一。在紅塵綠靄逗留太久已倦乏，她不知不覺中以媽媽為坐標，在媽媽殷殷的愛意中，繪製著未來的藍圖。

今晚媽媽另有交代，要求讀一下《聖經》的《詩篇》章節。柳婷已經很久沒有翻《聖經》了。這次她鄭重地用濕紙巾清潔了塑膠封面封底，懷著莊重的心情靜心閱讀，並且讀出了聲：「我雖然行過死蔭的幽谷，也不怕遭害，因為祢與我同在，祢的杖、祢的竿都安慰我。」

（四）企盼春歸

25日（染病的第七天），柳婷收到了香港廈門聯誼總會捎來的抗疫物資，香港長樂會的執行會長陳學干先生以及中華文化總會的負責人也告知正在郵寄藥品給她。香港文化藝術界聯會主席郵寄來藥品，香港文化藝術界聯會常務副主席也不時發來實用的抗疫資訊，令人暖心。今天是個好日子呀！柳婷這才發現 Edward 已經在寫「春」字的第三筆了！春天即將來臨，春天即將來臨！她心裡渴望著，為香港祈福，期盼著疫情快些過去。

26日（第八天），港府宣佈更改檢測安排，後續的檢測都會改為派發快速檢測套裝，容許快速測試陽性的人士在網上登記結果，無須經過核酸檢測確認，直接視為陽性個案跟進。柳婷在網絡上登記了她與安安自測陽性的資料。在新聞，看到陽性登記者竟然超過八萬人，令人心驚肉跳！天哪！柳婷思忖著，這八萬名裡面包含了他們兩個！原來這麼多人都染疫了，染疫數字預計以幾何級數上升，真的即將實現「與病毒共存」了！

午間，窗外救護車的警笛聲仍舊刺耳，無線電視正在直播港府交代最新疫情的進展，記者們陸續地提問。

Edward 的時事評論在媒體網站刊出了，她最欣賞裡面的那句：「陽性容易確診難」，針砭時弊 —— 相當一部分陽性患者應該不會納入政府統計的確診數據了。

夜幕逐漸降臨。東方之珠依然璀璨晶亮，但是在疫情如此嚴峻時期，柳婷半躺著，一眨不眨地臨窗遠眺，詮釋出了另一層意味。這個城市猶如一位病號用燈光的明滅閃爍證明自己的喘息 —— 城市的肺部仍在運作。柳婷的心空空洞洞，她的腦袋忽然蹦出了一句樸實無華的話：尊重生命才是最大的普世價值。

燈光炫麗，盯視久了令人眼睛發酸。她微微瞇起眼休息，恍惚中見到浴室掛鏡中的自己一身素白，滿臉憂鬱憔悴。她正要看清楚，鏡中的影像卻逐漸失真變形，讓她覺得格外恐怖。她甚至以為自己要死了，趕忙閉上眼睛避免看到這一幕，但是她發現閉上眼仍然能夠看見！這是怎麼回事！恐懼攫住了她的心，讓她驚懼萬端，她捂住雙眼，下意識大聲喊叫希望有人來搭救：「Edward！ Edward！」可是都沒有回應，她絕望了，忽然想起主耶穌，就大聲呼叫主，同時頭昏目眩站立不穩，最終支撐不住，如同積木搭建成的模型倒塌般暈倒了。

她嚇醒了，恍似有條冰涼的蛇爬上胸口，盤成一團堵住肺部，一時喘不過氣來。趁著記憶清晰，她趕緊打字把夢境記錄下來，內心一陣淒惶。

「妳在幹嘛？」Edward 發來信息。

「我，我在想我晚飯後到底吃過藥沒有。先讓安安服了藥，然後我去廚房就忘記了有無服藥！」

「怎麼變得像老人家一樣沒記性？」

「那完全有可能的。中文大學醫學院研究發現，76% 康復者會持續出現記憶力差、脫髮及疲勞等現象，俗稱『長新冠』後遺症。」

「妳只是輕症患者，沒有失去嗅覺，沒有呼吸困難，不要自尋煩惱吧！」

「哦！」

她又趕忙把夢境內容發給了他。

「哈哈哈！謝謝妳對我的信任，在夢裡叫我的名字！」

「這場惡夢讓我驚魂未定呢，在夢裡你也不回應我！」她幽幽道。水仙倚著鋁質窗花亭亭玉立，只是剛抽出的小花苞再次乾癟了，猶如沒有底氣再鼓勁一般，軟塌了下去，在夜風中微微顫抖。

她憐惜地捧著葉片嘆氣，甚為無奈悲戚：「這個夢對我太重要了！你幫我分析一下吧！」

「死亡，代表要把握生命的需求，渴望生的歡愉。夢中妳喊出了心聲。死而復生，生可以死，死可以生。」Edward 的文字融化了她的心。這個世界只有他懂她。她的眼圈發紅，漸漸潤濕了。

「如果沒有愛，差不多就是死亡。」Edward補充的這句話，讓她倏地迸發了淚泉。在家裡，她可以肆意地傾瀉自己的情感，不需要掩飾，她知道自己也有異常敏感的一面。她的喉嚨哽咽了，鼻子也塞住了，連續抽了好幾張紙巾，才止住了淚水。

「婷婷，妳是壓力太大了最近，何不用檢測試劑盒測試一下呢？」他總是用不緊不慢的腔調開導他，淡定得完全超出了他的年歲。

在他的建議下，她開始自測，發現檢測結果幾乎只有一條線了，另一條線在五分鐘後才出現，非常模糊，說明這幾天病毒清除得差不多了，只要再堅持吃兩三天藥，病毒就完全被清理乾淨了！

之前的陰霾逐漸消散，她對著窗台的水仙念叨著：「看來，你是不會開花的水仙囉！不會開花就不會開吧，接受不完美！欣賞蔥翠的葉片也令人賞心悅目呢！」

「幽夢覺、涓涓清露，一枝燈影裡。」周密的宋詞語淡而情深，她拍下水仙的照片傳給Edward。

「葉子青翠，也是生命力的體現。我已經寫到『春』的捺了！」Edward慨嘆，「『明天又是全新的一天』——《亂世佳人》的郝思嘉說的。」

「希望三月有全新的、好的進展。」她默禱著。

兩人的《九九消寒圖》即將填描完成，數完「一九」數「二九」，一直數到「九九」，「九盡陽花開」。一曲歌謠如天籟之音從兩人心底悠悠升起，在心間久久繚繞飄蕩：「上陰下晴雪當中，左風右雨要分清，九九八一全點盡，春回大地草青青。」

他們的眼前似乎展開了春的畫軸，「草長鶯飛二月天，拂堤楊柳醉春煙。」他們手牽手漫步在濛濛堤畔，安安走在前頭，煙柳依依拂水飄綿，生機盎然。天空澄碧，春鳥嚶鳴，各式各樣的風箏乘著東風，如同在大海遊弋般暢快地翱翔……

‖ 創作於：2022 年 2 月 28 日 ‖

藍色之夜 50 x 65cm, 1999　林鳴崗

婚紗 A01 的羅曼蒂克

作為一襲婚紗，尤其是桃心領口魚尾婚紗，我有足夠的理由保持羅曼蒂克的情懷。我被安置在婚紗出租專門店的閣樓上，被穿在一個嬌俏的木製模特兒身上，編號為 A01。之所以為 A01，是因為我是穩坐 C 位（即中央位置）的 A 款婚紗。以我為圓心，放射出去，號碼依次是：A02、A03、A04 等，順帶一句，其他婚紗都只是掛在架子上。模特兒腳底的台座被特意墊高，柔和的燈光一束束由四面八方打在我身上：設計簡約，剪裁合身，裙擺沒有很長，並有獨特的小荷葉邊點綴，米卡多絲綢泛著迷人的光彩，暈染著最浪漫的色調 —— 這是設計師把最美好的祝福縫製其上，如花語，如月華，如綺夢。顧客們欣賞我時，都須保持仰望姿勢，而我，彷彿被賦予了靈魂一般，懂得傾聽他們內心愛的呼喚。

我每每被那些少女所感動，聆聽到她們待嫁的心聲，她們對愛情的嚮往。不過，基於對穿者的型體要求極高，至今尚沒有一位女子可以匹配得上我，也從沒有一位準新娘曾經試穿過我。她們或對我嘖嘖稱讚，或發出夢幻般的囈語，或忍不住摸一下我的裙帶，卻沒有一位有膽量披上這身華服。我在靜候有緣人。

直至那個夜晚，小鄒偷偷帶著女友倩兒過來參觀。他二十五、六歲，剛由大學畢業出來工作，掌管著影樓的鑰匙，之前陸續換過四五個女友，今夜，他特意安排了戀愛中最為浪漫的環節。他預先將燈光調得稍顯黯淡，似乎朦朦朧朧才能襯托出愛的迷離之美。

他們都戴著口罩。這是我第一次看到倩兒。我發現她的身形竟然與模特兒出奇相似，簡直就是一個模子倒出來 —— 包括身高、肩寬、腰圍等的尺寸，怪不得平時小鄒上班老愛盯著模特兒發怔，並且無端地陷入遐想。倩兒目光灼灼的凝視，令我心跳加快。而我的心，是在模特兒的胸腔內。只是，我看不清倩兒的面孔，她的頭髮蓬鬆並且微捲，幾乎遮住了小半邊臉。這一對情侶都癡癡地仰望著我，我知道他們憧憬著美好的未來，似乎他們後半生的情緣都由我來牽起、靠我來維繫。他們的呼吸逐漸變得急促，繼而開始對視，眼眸充滿柔情蜜意。

這是多麼羅曼蒂克的夜晚哪！我微微嘆息。

「寶寶，讓我親一下妳 —— 」小鄒試圖貼近，想摘下倩兒的口罩，但是她頭一偏閃了過去。

「不要吧，番薯頭！」倩兒的聲線略為沙啞，舉手投足稍顯成穩持重，她冷靜地說，「疫情期間還是保持距離比較好！」

「可是妳就要回香港，咱們不可以親熱一下麼？」小鄒訕訕地問。

倩兒沒有搭話，用意志堅守著，她明白接吻在這個特殊時期亦是情侶間最奢侈的東西。縱使分別在即。那晚，倩兒在影樓兜兜轉轉了一圈，只是青睞於我。當她穿上我時，我激動得幾乎要窒息，鏡子中的她純潔端莊，婚紗包裹著她玲瓏有致的身軀，勾勒出生動的曲線，不僅外形更遑論內心，都與我想像的相契合。愛，是最終盼來的最契合的寶貝，我感受到了她盈滿心間的愛意。

「這是我見過最美的婚紗！」倩兒的瞳孔裡映著我的模樣，「我終於找到，並非異常華麗，卻是最適合我的！」

「我期待著婚禮預約的日子——5 月 20 日，咱們香港紅棉路的婚姻登記處見。」

「很快就到了，還有三個多月！我先過去等你！」倩兒嬌羞的俏臉應該泛起了紅霞，雖然被口罩遮著，不過我能估測到。

待嫁、恨嫁的才是我，不是嗎？我比他們更期待那一天的到來。因為我是婚紗 A01，我代表羅曼蒂克。

可是連日來，影樓的老闆在唉聲嘆氣，新型冠狀病毒的肆虐，使疫情進入了更為嚴峻的階段。跨境情侶每天在日曆上倒數著劃掉日期。顧客預定的婚禮一單單取消，婚紗的租務都被迫擱置。生意窘迫。小鄒已經三個月沒有拿到薪水了。影樓即將結業。老闆的數家分公司結業，宣佈破產。在銀行查封之前，小鄒主動向老闆提出用這襲婚紗抵了薪水，連帶這個可以拆裝的木製模特兒。這是自然要配套帶走的，我想，我已經把模特兒當成了情兒，我與模特兒是一體，我們是互相成全的關係。

我被搬到了小鄒家屋子的一角，遠遠地看著這一對跨境情侶用手機視頻維繫著情感。他們對著屏幕響亮的飛吻聲，讓我感動得心湖泛起陣陣漣漪，空氣中恍若瀰漫著葡萄酒的醉人濃香，我陶醉其間。可是，也有不盡人意之時，小鄒轉了工，疫情帶來的裁員潮滾滾而來，這對情侶正承受著職場前所未有的壓力。當網速慢、畫面經常卡住，視頻便無法順利進行，小兩口不免發起脾氣來，這大大影響了兩人之間的感情。看到他們因此口角冷戰，我亦不免悵然若失。只是，5 月 20 日很快到來，通關的日期卻一再延遲。他們決定無論如何都要見一面，是真實的面對面，而不是依賴細幼的網線。

是的！如果我沒聽錯，他們準備在深圳鹽田區的中英街見面。之前是一輪焦頭爛額的辦理手續，例如在微信公眾號預約、找相熟的香港沙頭角居民做擔保辦理禁區紙、擔保人和被擔保人一起在粉嶺差館辦理拿證件等等，此番種種瑣碎的事情不堪枚舉……但，總算克服了重重難關。

一大早，都市的繁華在眼前拉開序幕，窗外的天空瓦藍瓦藍的，一抹雲彩悠閒地漂浮著，若有若無。我從模特兒身上被取下摺疊好，模特兒也被拆卸裝在行李箱，接著被放置在私家車，開往中英街。如果不是造化弄人，他們今天原本是「拉埋天窗」結為合法夫妻了。可是，天公不作美，疫情讓他們要用這樣的方式見面。小鄒驅車一小時到達聞名遐邇的中英街，此街背靠梧桐山，南臨大鵬灣，見證了近代中國的百年變遷，如今也將見證這對被疫情拆散的苦命鴛鴦的愛情。小鄒在辦證大廳的取票機打印出「沙頭角邊境管理區通行證」，順利過關。

由於疫情緣故，一條長約 250 米鮮紅奪目的圍欄將中英街一分為二，右手邊是港界，左手邊是華界。香港的店鋪，外觀上看去，多數是一層的瓦房或是鐵皮房，深圳沙頭角的，則都是水泥房。整條中英街都在賣免稅進口商品。生意慘淡，商鋪閉關了一大半。內地遊客被限制只在華界購物，昔日攢擁往來的場面不復可見。兩個跨境情侶相約隔欄會面。身高一米七的小鄒將婚紗順手擱在肩頭，站在了塑料椅子上，才能俯視到女友：「倩兒！倩兒！」。

「親愛的番薯頭，我看到你了！……我好想你，好想你可以抱抱我！……感情是最脆弱的……」倩兒站在港界區，抬頭看著男友，喃喃地抱怨，又好像在跟自己低語。陽光刺眼，使她不自覺地瞇起眼，眼眶頓時發紅，淚花在打轉 —— 三個多月的思念旋轉其間。

「寶寶，我也好想妳！難道妳對我沒有信心嗎？」小鄒極力安慰著。「妳等等我！」他跳下椅子，打開行李箱，開始拼裝模特兒，再將我套在模特兒身上。他再度踩上椅子，高高舉起了我。蕾絲花邊層層疊疊，珠片在艷陽下熠熠生輝。我相信，此刻的畫面是最羅曼蒂克的，最唯美的，最動人心弦的！我是所有待嫁女子心裡蟄伏的一個希望，是幸福的定格，承載著對未來生活的夢想，令她們心旌搖曳，縱使現在悶得一絲風也沒有。我是神聖的，莊嚴的。

倩兒的淚水倏地流淌而下。如果不是這次疫情，她此刻正在婚禮現場接受眾親友的祝福，是全場最受矚目的新娘。可是現在……唉！她脫下口罩，嗚嚥地揩拭著眼淚。這次，我錯愕地瞧見一張憔悴的面容，超過三十五歲 —— 在晴空下一覽無餘，與之前在婚紗店的反差極大！「A01……你還把它帶來了！瞧你！」女人歡喜而觸景傷情地啜泣，胸口大力起伏著，情緒甚為激動，她看了看手錶說，「現在是十點十分，正好是結婚儀式開始的時刻……」

「妳不要太難過了……我把婚紗快遞去香港吧，好嗎！讓它陪著妳！妳等著我……」小鄒有些不知所措。

「可是，我不年輕了，等不起呀……」女人語調悲戚，我聽到了心碎如冰塊破裂的脆響。

「……」他很想說拋開一切，過關隔離十四天去香港找她，但是話到嘴邊又生生地嚥下。旁觀的我，竭力解讀著他的內心。

廣東的五月底已經進入炎熱的夏季，那抹雲彩好似被太陽燒化了般，早已消失得無影無蹤。陽光熱辣辣地炙烤著大地，蒸籠一般。據之前專家預測，新型冠狀病毒對溫度很敏感，隨著氣溫上升，病毒就會被殺死，疫情也就煙消雲散。可是，就目前來看，形勢並沒有好轉，反而急轉直下，望前路霧鎖煙迷，人心惶惶，人人自危。

有那麼幾次，小情侶很有想握手的衝動，只要倩兒高舉雙臂，只要小鄒弓身垂下雙臂，就可以不費力地握到。可是，華界的那位武警高度戒備地在周圍來回巡邏，監視著他們的一舉一動。大約過了半小時，他忍不住問我們還要多久可以結束。可憐的情侶只好草草收拾一番，連手都未能牽一下。倩兒的黛眉緊蹙，這回我看清了她眼角的魚尾紋，還有混著粉底滾下的珠淚。小鄒也掩飾不住焦慮，惆悵地表示，疫情不明朗，大家只能各自保重、自求多福。

疫情嚴峻，前景渺茫，此去不知何時再見，也許半年？一年？兩年？我亦茫然兼不捨，各種複雜情緒交織在一起，我的心被這股離別的愁緒擰成了大麻花——揪心之痛！

兩個月後，我被快遞到香港。是的，婚紗 A01 肩負著跨境戀的重大使命，要將羅曼蒂克一並快遞到倩兒的家。當久違的 5 月 20 日再次到來時（通關仍然遙遙無期），倩兒終於穿上我到了紅棉路，親友們眾星捧月地簇擁著她，只是，新郎卻已不是小鄒，不過，倩兒仍然叫他作「番薯頭」。這真是非常羅曼蒂克。我使出渾身解數，在鎂光燈下散發著熠耀迷人的光彩。誠如各位嘉賓所知，我是充滿羅曼蒂克情懷的婚紗 A01……

創作於：2021 年 10 月 3 日

發表於：《香江文藝》總第 5 期，2023 年 10 月

南生圍 81 x 100cm, 2009　林鳴崗

繁華背後的落寞

張婆婆的公屋坐落在過背山之巔，從她家往南望，可以看見維多利亞港兩岸繁華的景緻，甚為搶眼的是港島的遠東金融中心，金色玻璃幕牆光芒燦爛，猶如一塊金條安靜矗立。她每天都要往窗外眺望多次。它旁邊是一組雙子式建築力寶大廈遮住了一小片商廈群……張婆婆慢慢合上眼，一座稍矮的灰色牆身的寫字樓逐漸在腦海呈現——這才是重點，兒子小冀在那裡上班，他是某著名律師行的辦事員。

兒子娶了富家女為妻，婚後搬出去過二人世界，新屋是兒媳婦的嫁妝，金碧輝煌，但是張公公張婆婆都不喜歡去。正所謂「仔大仔世界」。張公公曾說過：「一代人不管兩代事，咱們拉扯大兒女，任務完成。」後來外孫女小豆芽出世，她倒是與張婆婆比較親近，雖然兒子家有工人，小兩口忙碌時，會讓張婆婆過去照看，因而無意間培養了祖孫的感情。

前幾年，張婆婆與小豆芽放學途中路過新光戲院，看到電影《楢山節考》的海報，劇情是說日本某深山中的一個貧窮小村子，沿襲著拋棄老人的傳統：老人凡到70歲，就被家人揹到楢山上丟棄，以節省糧食的支出。看完簡介張婆婆不寒而慄直搖頭，小豆芽緊緊抱住安撫她：「奶奶，我絕不會讓人把您丟掉，我要保護您！」充滿稚氣的話惹得張婆婆老淚縱橫，心裡頗感安慰。

張婆婆緩緩睜開眼，濁淚蓄滿眼眶，並且順著眼角的皺紋凹槽，分岔著爬下面頰。窗外風聲呼呼乍響，猶如刮起風浪，她似乎覺得自己成了退潮後殘留在水窪裡的一尾小蝦。望著那座金燦燦的大廈，她感覺，這座大廈很能詮釋什麼叫「繁華的國際大都市」。客廳電視的節目正熱鬧，播放的是家鄉河北的西河大鼓，它流行於河北境內，並流傳於周邊河南、山東、北京、天津等地區。張婆婆聽出此曲是《老來難》，如果老頭子還在，他也會跟著哼幾句。歌聲淒楚哀婉，響徹客廳：「老來難，老來難，勸人莫把老人嫌。當初只嫌別人老，如今輪到我面前。千般苦，萬般難，聽我從頭說一番。耳聾難與人說話，差七差八惹人嫌。……」

張婆婆終日開著電視，有電視聲音作伴，讓她沒有那麼孤獨難熬。雖然兒子還不至於到嫌棄她的地步，但是畢竟沒有女兒貼心，最近都是聊幾句電話就收線，已經三個多月沒來探望她了。可是惦記女兒又有什麼用呢？女兒去美國留學後，嫁給了丹麥籍同學，極少返港。想到這裡，張婆婆心裡一陣淒楚，不由得唉聲嘆氣起來。根據那個「侵害人身罪條例」，家長獨留 16 歲或以下兒童在家是違法；可是獨留老人在家裡，就一定合法嗎？如果老頭子在，兒子如此漠不關心，他一定會氣得把假牙咬得「格格」響。「哎呀，老頭子！別生氣呀！咱們堅守的信條是：不給子女添亂，不拖累子女，不是麼？」張婆婆已經養成了對丈夫遺像自說自話的習慣。

在申請綜援前，小冀填寫了「衰仔紙」(即「不供養父母證明書」)，他在律師行做事，對這類申請輕車熟路。社署撇除了審查他的收入，張婆婆成功獲批港府資助，就這樣，她同時接受社署綜援資助和兒子每月三千現金的供養——「吃兩家茶飯」。對於「自認衰仔」，小冀顯得無所謂。如果老頭子在，肯定拒領這筆援助，甚至還會破口大罵都不定。張婆婆心裡始終結著疙瘩：讓兒子揹上「衰仔」的惡名實在丟臉，千萬要瞞著街坊鄰居，否則頭都抬不起！她不知道，「不供養父母證明書」每年都按照規定在政府憲報被公佈，那才是名副其實的丟人現眼哩！

年輕時打拼，辛苦攢錢供子女讀書，豈料時移世易，養兒防老的年代一去不復返！子女一個遠嫁，一個自顧不暇要看老婆臉色吃飯，領綜援至少可以減輕兒子的負擔，受點委屈也值得。張婆婆省吃儉用，與姊妹們的飲茶也是能避則避，她也曾想過要否向女兒討點伙食費，卻始終開不了口。

以前，雙胞胎妹妹阿玲會過來探望給她錢，她都拒收，給她超市購物券，她才收，她盡量保住這張老臉。說到臉，如果兩人同照鏡子就會發現，她們的面容何其相似：同樣的橢圓臉型，同樣的彎眉杏眼！她們是同一水源流出的兩股支流。所不同的是造化弄人，姐姐嫁給了倉管員，妹妹嫁給金融業大佬，在歲月風霜的侵蝕下，姐姐的肌膚黯淡無光，更具滄桑感，而妹妹則保養得珠圓玉潤、雍容華貴。張婆婆經常不諱言地長吁短嘆，說窮人家的老人日子不好過！玲妹每每與她意見相左發生齟齬：「老姐喲，就算有錢—— 有錢的老人也不好當哪！」張婆婆自然很不屑這種說法：玲妹雖然年輕守寡至今，但是有自己的大屋、自己的工人，興致好時還邀請老相好方公公等一班人到家裡開派對，日子過得別提多滋潤了！直到一年前玲妹跌倒入了院，張婆婆才重新審視了這番話：緣於玲妹出院後被她兩個兒子直接送進了老人院。這就是富豪家族爭權奪利的結果，莫非是老年人無法逃脫的宿命？「可憐的玲妹！」張婆婆嘆氣道。

麻雀友雲姑有社工跟進，每天兩餐送盒飯到家，張婆婆也有樣學樣，聯絡到社工，解決了兩餐的問題。有時候，她也會暗自神傷內心糾結，自己何至於淪落到此種境地——似乎屈身於一個沒有盡頭的黑暗甬道，但是，想到最終目的都是避免做兒子的累贅，又盡量把心放寬了一點兒。

基於這個原則，她每天積極鍛煉身體，能自己解決的事情盡量自己解決，這些都沒什麼大不了。唯獨近幾年，生活進入電子化時代，讓她點戰戰兢兢、如履薄冰。老年人不會用網絡要被社會淘汰的喲！上次她複診還是社工幫忙預約，否則不知要排多少小時的冤枉隊呢！前幾年學微信的情景仍歷歷在目！人老是笨了，腦子反應不過來，年輕時我做事一個頂仨！張婆婆無奈地慨嘆。

這次新冠肺炎疫情爆發，太多商鋪執笠（結業），很多人手停口停，大家的手頭普遍都吃緊。「港府發放五千元電子消費券，不申請就是浪費！可惜我兒媳婦是專才引進香港，還不是永久居民，不符合申請資格。」好姊妹林婆婆如是說。

電子消費券？張婆婆一聽到「電子」二字已經頭皮發麻。她第一時間打給小冀求助，小冀那天正忙得不可開交，提議找屋邨的議員幫忙申請。那段時間膝蓋有積液不願意走動，張婆婆躺了數天，拖啊拖的，竟然把這事給忘了！老了老了，不行了！今天已是9月1號。張婆婆嘮嘮叨叨地怪責自己，恨不得打自己：「老了不中用了，這是什麼記性！幾乎平白無故地要損失五千元！千萬別讓小冀知道！」

張婆婆火急火燎地打電話問方公公的兒子方瑞。方公公有一男二女，按照中國人習俗，父母是與兒子一起住的，方公公也不例外，而且以兒子為榮——方瑞是香港某名牌大學的講師。無奈他的兒媳婦聽聞了方公公與阿玲的交往，便以香港住房緊張為由，軟硬兼施，把方公公騙回江蘇大女兒家，千方百計阻止他回港，使方公公有苦難言。

「方瑞呀，你爹申請的消費券批了沒？」

「我爹填好表格簽好名寄來，今天已經發放了。張婆婆您批了嗎？消費券已經在8月14日結束登記。」

「啊！幾月幾號結束了，喂，喂，你大聲點兒再遍說一遍？」

「八——月——十——四——日！」

「這下糟了，我忘記申請了！如何是好……」

「由於有人提交的資料有誤，政府將登記的日期延遲到9月15日！您抓緊時間申請吧！」

「……」

翌日——9月2日上午8時許，張婆婆抵達太子始創中心，在驕陽下輪候逾兩小時，走走停停，停停走走，膝蓋的陣痛像電波般傳來。圍繞大廈在「打蛇餅」的大部分是「銀髮族」，人老了就好像被排擠到了社會的邊緣——不諳使用電腦造成登記失敗，他們聚在一起吐苦水。……終於輪候到達17樓的消費券計劃秘書處，……

終於在職員的協助下完成手續。但是職員說，這次遞交表格是給之前有申請記錄的修改資料，像張婆婆這樣首次申請，有可能不批准。張婆婆聽了猶如當頭澆了一瓢水，心都冷了！她只好請求職員多多通融，反映一下老人家消息不靈通的情況。她在心裡說服自己要樂觀，因為港府不喜歡做得罪市民的事，批了皆大歡喜。

近幾日，張婆婆格外留意手機短信。9月7日，短訊顯示收到書面登記。13日，短訊顯示第一批消費券2000元將於10月1日發放至八達通卡。10月1日，短信告知可以領取消費券。她因為膝蓋舊患復發，又在床上躺了數日。10月7日午後，秋陽被幾片雲霞遮掩著，從雲縫間射下幾縷金光。張婆婆揣著八達通卡出發了，她先是走十來級石階，坐一部升降機，然後爬一小段斜坡，由小街橫巷轉入繁華大道……到港鐵大廳的八達通查閱機上嘟了一下，屏幕顯示餘額為50元。咦？消費券還未發放到卡？哪個環節出錯了？是否要打查詢電話？她的大腦嗡嗡直響，太陽穴突突地跳，隱隱作痛。她竭力讓自己鎮定下來，琢磨著應該如何解決。

原本想去公園逛一逛的，現在興味索然。她踅回屋邨方向，忽然想起，莫非八達通太久沒用壞了？她記得這張是女兒買來讓她放包裡備用的，那回女兒帶了一週歲的外甥女來港探親。應該是2016年，沒錯，已經過了5年！那時老頭子還健在，誰知九個月後因流感引致急性肺炎，送進醫院才幾小時就走了。張婆婆在路邊的長椅上歇了歇，緩了緩，之前的一幕幕湧到眼前。為了支持兒子做生意，老兩口狠了狠心，把辛苦打下的江山—— 私樓賣了，哪知投資全部打了水漂，老兩口被逼要住公屋。老頭子臨終時仍耿耿於懷，拉著老伴的手説：「做人要自私一點兒啊，老婆子！活著要有自己的房子，還要有一口燒酒喝……」可是，老頭子最終這兩個願望都落空了。在他過世前，既失去了私樓，又戒了酒。老頭子活得好憋屈喲！張婆婆的心裡有説不盡的蒼涼。

她繼續前行，拐進一間便利店買面包，嘟卡時，收銀機屏幕提示：此卡無效。店員讓她到服務處詢問。張婆婆又折返到地鐵大廳，她的額頭、脖子還有後背直冒汗，雙腿發軟，不得不停下來擦汗。好在職員講解得很認真：「因為您超過三年沒用卡，必須充值激活。」充完值，職員揚起右手，示意她去嘟卡領取。張婆婆這才留意到大堂靠牆位置，添置了幾部新機器，上面寫著：「補貼領取站」。她將卡輕拍讀寫器，屏幕馬上顯示：「收取到消費券 2000 元」。至此，她長吁了一口氣，心裡懸著的大石頭總算平穩落地。

如此擾攘一輪，夕陽已經在不知不覺中收斂了最後一道餘輝，夜幕包圍了一切，月亮升起來了。彳亍在返途中，蹣跚在霓虹燈、路燈、車燈爭相輝映的街頭，馬路是香港的脈搏，川流不息的車輛是奔流的血液，為香港注入了無限生機，東方明珠顯得異常絢麗奪目。由寬闊大道轉入小街橫巷，路燈的光把張婆婆的身影拖得老長老長……接著爬一小段斜坡，坐一部升降機；然後走十來級石階，陪伴她的是拐杖敲擊地面的篤篤聲。雖然身處繁華都市，可是在張婆婆在眼裡，所有的流光溢彩都因為年邁而失色，她竟有一種踽踽獨行往荒漠深處之感。仰望蒼穹，星星的微茫使人迷眩，夜空佈滿了明暗各異的星系。玲妹喜歡研究星座，如果她在身邊，她會告訴姐姐那幾顆排成大 W 字形的是仙后座，北天區中最耀眼的星象是飛馬座，不過，張婆婆只留意到飛馬座馬腹的四顆星排列成一個四方形，高掛天空，構成了一口巨大的棺槨懸在頭頂。哦，是誰要死了嗎？為何有此凶兆？「大吉利是！大吉利是！」她連聲念叨。夜晚是歸家的時候，許多人家窗戶映出家庭用餐的剪影，甚至幾乎聞到飯菜香，形容為「溫馨醉人」都不為過……

張婆婆回到家，饑腸轆轆，由於晚餐時間沒有在家等候，社工按照規定沒有留下盒飯。她環顧昏暗的屋內，這才發現出門太匆忙，忘了關燈，忘了關電風扇，忘了關電視機……電視機是永遠陪伴的朋友，她調大音量，大些、再大些……如果老頭子還在，他一定會說開大些聽才過癮！電視裡的西河大鼓節目正在重播，身材頎長的女人擊打著銅板說唱著，後面一位男子操三絃伴奏。女人的唱腔簡潔妙潤，唱出了月兒的陰晴圓缺，也唱出了人間的酸甜苦辣：「年老苦，說不完，仁人君子仔細參。日月如梭催人老，人人都有老來難！對老人，莫要嫌，人生哪能淨少年。人人都來敬老人，尊敬老人美名傳。……」

張婆婆挪到窗前，半伏在窗台遠眺，此刻，月亮升得更高了，遠東金融中心在茫茫夜色中巍然屹立，黃金外牆煥發出無與倫比的富貴豪奢之氣。「我的兒……」她囁嚅著踉蹌著退回幾步，癱坐在藤椅上，隨手抓起桌上的杯子，咕咚咕咚地灌了幾大口冷茶，嗆得直咳嗽。她，累壞了！她的上下眼皮開始打架，伴隨著鼻鼾聲悄然響起，腦袋逐漸往下耷拉在胸口，灰白的髮絲垂下掩著疲憊的面孔——抑制不住的落寞也凍結在這表情裡……她在西河大鼓的蒼涼樂聲中沉沉入眠了，她不知道，她的手機耗完電已自動關機，有人打了好幾通電話，想告訴她玲妹過世的消息。睡夢中，張婆婆與她的老頭子風塵僕僕，回到了闊別已久的家鄉……

創作於：2021 年 10 月 12 日
發表於：《城市文藝》第 118 期，2022 年 6 月號

銅鑼灣避風港（二） 50 x 60cm, 2017　林鳴崗

天堂通行證

與有婦之夫珠胎暗結，未婚生下我送我進保良局，這個人，我甚至沒有機會叫她一聲媽媽。我的日記本始終夾著她的黑白照片：瓜子臉，面龐綻放笑意，咧開的嘴角露出一顆虎牙，秀髮微捲，隨意搭在肩上。多少個晝夜，作為見不得光的私生子，一個小男孩無數次地凝視照片，飽嘗思念之苦。照片陪伴著我走過幼年、童年以及青春期，承載著濃濃的思念、怨恨與悵惘。大學畢業踏足社會，我便投身地產經紀行業，得到一位城中富豪的賞識與支持，28 歲時已坐擁三億多港元身家。

童年的苦難以及成長的艱辛，使我對金錢異常敏感，我自詡為鑽石王老五，亦格外警惕女人對我財產的覬覦。美麗的女人如同一塊塊色彩繽紛的啫喱，那麼容易打動我，又那麼容易讓我倍感甜膩。我很難信任女人，儘管我滿懷憧憬地認真開始每段感情，但是每到關鍵時刻準備步入婚姻殿堂時，我都縮沙（臨陣逃脫）了，這也大大傷害了她們。如此渾渾噩噩，我虛度著光陰。

39 歲生日的翌日清晨，我被房外「喀嚓喀嚓」聲吵醒。我住在香港新界的獨立屋(設有花園與私人泳池)。如果按照地產中介的介紹就是:「都市桃源、尊尚府邸」。我按動遙控，窗簾往兩邊拉開，秋陽杲杲，撒進了一屋子的金粉，陽光親昵地吻著我的面頰。鰻魚瀑布蛋治與鴛鴦奶茶的香味撲鼻而來 —— 忠實的菲律賓女傭為我準備了早餐。躺在二樓臥房的床上，我可以看到庭院那株印度橡樹的樹冠，一把伸縮高空修枝剪刀正在作業，是園藝師在修剪枝葉。

許是昨晚喝酒太多所致，太陽穴突突直跳，一波一波的疼痛襲來，伴隨著斷斷續續的「喀嚓」聲，我又閉上了眼。不知過了多久，屋外恢復了寧靜，似乎園藝師已收工離去。迷迷糊糊中，我費力地睜開雙眼，看見橡樹在園藝師的妙手施法下，已經由雜亂枝丫變成了整飭的冬菇頭。很想起身，可是卻無法動彈，我有些恐慌，以往從未有此症狀。我再次嘗試，發現除了雙手可以活動外，依然無法翻身。癱瘓在床，我陷入了巨大的駭懼之中。

這時，有隻犀鳥飛來吸引了我。牠身型碩大，停歇在橡樹枝頭，頭頂長著犀牛角狀的盔突，黃色的喙巨大且彎曲。我正在暗暗稱奇，枝丫上陡然鑽出一隻貓虎視眈眈，犀鳥驚慌地撲騰著，笨拙地向遠處飛翔而去。那隻貓居然徑直從門洞入，由一樓跑到二樓，跳上了我的床。牠瘦骨嶙峋，腦門斑禿。我定睛一看，這不是多年前死去的貓嗎？

「歡歡！是你嗎？你怎麼來了，變得這麼瘦了！」我又驚又喜。

以前的歡歡集萬千寵愛於一身，富態十足，如今卻令見者心酸。由於我從不讓牠捕鼠，牠死後被拒之天堂外圍，流浪於野地雜草間。之所以被允許在外圍轉悠，得益於牠生前抓了不少蟑螂（其實純粹是討好主人之舉）。看到牠此番慘狀，我抱著牠抽抽噎噎起來：「歡歡呀，是我害了你呀！」我舉起衣袖正欲擦拭淚水。

「別動！」貓兒呵斥一聲，忽地躍上我的右肩膊，爪兒麻利地把淚水裝進小玻璃瓶中。

「您為我流淚了——有了天堂通行證，我得救了，謝謝親愛的主人！」貓兒連聲道謝。

我止住了淚水，疑惑不解。

「喵喵，我的主人，我是來接您一起去天堂的。您的身體會逐漸僵硬，最先進的醫療都無法打救您，您僅剩一星期時間。」

這真是晴天霹靂！我讓女傭緊急通知我的女友們，希望她們來跟我告別。可是，她們認為我玩世不恭對我怨恨之極，都不願再見我。這對我又是一個極大打擊！我深切體會到世情涼薄！為了報復女友們對我的冷漠，我作了一個讓大家都震驚的決定，請來律師辦理手續，與年逾 50 歲的女傭領了結婚證書，三分之一的財產留給她，三分之二捐贈給孤兒院。

一個清爽的秋日下午，陽光鍛打的片片金箔在被單上跳躍閃爍。我留戀地望著這個世界，咽下了最後一口氣，靈魂剝離肉體隨著塵埃上升，飄往窗外飄向雲天。在光輝閃耀的天國，天空被過濾了一切雜色，上帝的宮殿是座莊嚴的城堡，覆蓋著一層厚厚的積雪猶如潔淨的白絨毯。當飄到天堂的外圍時，我撞到了一堵無形的牆反彈著跌倒了。

在我困惑焦慮的當兒，歡歡出現了，牠用極快的語速講解道：「沒有一位女友為您的過世流淚，這讓上帝頗感為難：您要取得女友為您流的眼淚 —— 天堂通行證才能進入天堂內部，且須在太陽收斂最後一道光之前！」

「這不公平！『壓傷的蘆葦，祂不折斷；將熄的燈火，祂不吹滅，直到祂使公義得勝。』我生前捐贈了那麼多善款！」我高聲背誦著《馬太福音》第十二章第二十節表示抗議。

「正是看在做善事的份兒上您才有機會停留在外圍。今晚落日時間是 18:10:25 。」

「我靈魂出竅時已是下午五點零六分，如此算來，時間豈非很緊迫？」我很有為自己痛哭一場的衝動，不過，此刻就算哭，也於事無補了！

「喵喵，如果得不到眼淚，就只有『會飛的豬頭』可以打救你。」

「什麼豬頭？……你才是豬頭！」我的生肖是豬。我不客氣地掄起拳頭向歡歡作勢示威。

今日適值中秋。我在心裡篩選著歷任女友，由後往前數：露露、悦悦、夢夢……可是，我並不覺得她們會為我流淚。因為我確實消耗了她們的青春，傷了她們的心，即使我有苦衷！罪過啊罪過！我的心一片苦澀，開始悔悟。

「怎麼，沒有找到一個有同情心的嗎？」

「問題不在於有無同情心，而在於她們都恨我……」

「啊？哦！……這個這個……呃……」貓兒抓狂地扯自己稀疏的毛毛，瞬間，貓毛飛揚，刺激我打了個大大的噓噴！人類的情愛世界，又豈是牠可以理解。

無論如何，在此緊迫之際，我聽取了貓兒的建議，決定找菲菲一試，至於勝負如何，我完全沒有把握，我與她的戀情發生在七年前。之所以選擇她為突破口，是因為她是我的初戀最令我難以忘懷，她與失明兒子小天相依為命。

隨著香港法例的修改，新界很多地方都明令禁止放孔明燈。不過，沙頭角有條舊村落仍堅持傳統自製孔明燈燃放。七年前的中秋夜，我驅車前往觀看，驚艷於兩盞一層樓高的孔明燈，這對母子也在人群裡看熱鬧，菲菲的秀美脱俗令我心動，我忍不住上前搭訕，我們就這樣認識了。

貓兒神情嚴肅地按照我的指示行事。牠希望我沒看走眼，希望我選對最後一根稻草。我的靈魂隨著貓兒來到菲菲屋前，由殘破的窗口而入。多年未見菲菲，生活的蹂躪使她變得憔悴不堪，她面色萎黃，微捲的秀髮盤起，用一支簪斜插固定著。小天長大了，健壯了，眼神依然空洞，正坐在媽媽身旁用手指摸索著閱讀盲文。

貓兒對著菲菲的手機吹了口氣。菲菲即刻收到了一封電郵，她身子一悸怔住了，停頓了半晌才點開細閱：「親愛的菲菲，我是王越，當妳收到這則信息時我已不在人世。這張照片請妳珍藏，想妳。」照片裡是剛認識的第一年，我、菲菲與小天一起吃聖誕大餐慶祝的情景，氣氛溫馨浪漫。我清楚地記得，那天找不到合適的保姆照顧小天，為了取悅菲菲討她歡心，我與她們母子共慶佳節。

連續看了數遍電郵，菲菲的嘴唇顫抖著，嘴裡抑製不住「呵」了一聲。小天停止了閱讀面向媽媽。

「你還記得王越叔叔嗎，那個很久很久以前帶我們吃聖誕大餐的叔叔。」菲菲表情凝重。

「聖誕大餐？記得呀！他開車載我們，那時我六歲，第一次走出村莊去市中心的餐廳。那是個燭光晚宴：蠟燭燃燒的味道、火雞的香味、玫瑰花的芬芳，我一輩子也忘不了！媽媽，您那天還被玫瑰花的刺扎到了手指，您記得嗎？那天晚上，咱們三個多麼快樂啊！」

「是啊，那晚確實很難忘……」兒子的快樂感染了菲菲，牽動著她嘴角上揚，隱藏的虎牙便顯露了出來。

「我那時以為他會成為我的爸爸。」

「那時的我也渴望再生一個健康的寶寶……剛才收到消息，王越叔叔去世了。」菲菲極力控製住情緒，語氣轉為冷淡。

「是嗎？他那麼年輕！我會很想念他的，媽媽……」

「你會想念他？……這個挨千刀的，竟然也有人惦記……」菲菲眼眶發紅，在貓兒正瞪圓眼珠盯視她之際，她飛快地揉了揉眼角。

「那個平安夜，叔叔還教我摺紙……」小天的瞳仁閃著怡悅的光，似乎誰在裡面點了蠟燭洋溢著神采。我的靈魂微微發顫。

菲菲望著少年，頓了頓，下定了決心似的說：「我曾經為他懷上了一個妹妹……那時候，我是多麼渴望把她生下來啊！不過我沒有告訴他。」此刻，無意間聽到了塵封多年的秘密，我猶如滑入冰窖，噤嚀得氣也透不過來。

「後來，妹妹沒有了？……」小天怯生生地問。

「是啊，他之後不知為何斷絕了與我來往……我打掉了妹妹……」菲菲的喉嚨哽咽了，面色慘淡，如同經歷了一場浩劫。我只覺一陣天旋地轉，內心翻江倒海，真想抱著眼前的女人痛哭一場：菲菲，對不起！因為我的無情，妳打掉了我們的孩子！我之前造了什麼孽呀！現在後悔也來不及了！我的內心在懺悔、在吶喊。在此期間，貓兒神情肅穆，牠比較關心菲菲的眼淚。書桌上的電子表顯示 18:10:00，牠焦急地上跳下躥。

我的心也在砰砰砰地劇烈跳動，都快蹦到嗓子眼兒啦！因為決定我命運的瞬間即將到來。

陡地，菲菲的身體一陣抽搐，喉嚨也哽咽得更厲害了，看來此時她的內心亦波浪滔天。

小天似乎感覺到什麼揚起臉，疑惑地問：「媽媽，您哭了？」

菲菲停了一剎，輕嘆一口氣，悠悠說道：「媽媽欲哭無淚……」。

我的心裡陣陣發冷暗暗叫苦：「這下我回天無術了！」與此同時，菲菲的話也深深刺痛了我，我轉念又想：有因有果，我這也算罪有應得，罪責難逃吧？！

暮色蒼暝，像一張大網撒下，籠罩了整個村落。中秋之夜，燈火星星點點地燃亮，淡淡的光擴散著光暈似乎融進了幽幽情思，令人愁緒綿延。菲菲摁亮了燈，小天則摸索著拉開抽屜端出一方木匣，打開它：「可是媽媽，您不是還保留著那晚的摺紙嗎……」一張皺巴巴淡藍色的摺紙呈現於眾人眼前。

是豬頭摺紙！頓時，貓兒與我面面相覷，都呆若木雞。

曾經褪色的記憶，在我腦海頃刻間鮮活起來：那個夜晚，我用餐單摺了個最拿手的豬頭，將它套在手指逗小天玩。豬頭的大嘴一張一合，時而啃小天的小臉蛋，時而咬住他的手指不放，時而又為菲菲撓撓癢癢……我們玩得不亦樂乎，亦笑得人仰馬翻，那晚也是我最快樂的回憶，似乎彌補了我童年的某些欠缺。

「前幾天，我做了盞孔明燈，咱們紀念一下叔叔吧……」

母子倆將豬頭摺紙用透明膠固定在孔明燈頂部。菲菲牽引著小天來到屋外的空地。小天持穩燈體，菲菲點燈，火焰的光圈在朦朧夜色裡抖顫，如同訴説著此刻大家複雜而煩亂的心緒。待熱氣盈滿，小天倏地放手，紅暈的燈盞在大家注視中晃晃悠悠地飄升。我的靈魂也被牽引了一般，脱離地面，隨著燈兒、貓兒同步上升。「喵喵，主人得救了！」貓兒叫著，而我苦笑一聲。離別在即，我心如刀割。

燈盞悠緩地越過菲菲與小天的頭頂，悠緩地越過房屋，悠緩地越過屋後的池塘……我們緊隨其後飄遊。小天彷彿可以看見似的，仰望著我們，忽然，他向我們用力揮手，大聲叫道：「王越叔叔，再見啦！我——愛——你——！」少年帶著哭腔的啞音仍顯稚嫩，卻很堅定！

一陣不疾不徐的旋風掃過，我們又重新被吹回他們頭頂，盤旋著，依戀地兜著圈子。小天的話似乎觸動了菲菲，她那嚶嚶啜泣聽來甚為真切：「唉，你這個冤家……，許是上輩子欠你的！」抬頭仰望之時，她已滿眼是淚，臉上顯出無限的悲憫與留戀，口吻憐愛且悲傷至極：「冤家……好愛好愛你！願上帝寬恕你，一——路——走——好——！」菲菲的聲音在曠野鄉間回響，同時傳向了寂寥無垠的夜空。此刻的我再也不能自已，淚如泉湧。

美好的時光如片片黃葉紛至沓來，在我眼前翻飛，我想起了第一次載他們去教堂禮拜的那個星期天，想起了第一次跟他們踏青的那個春日，也想起了第一次在村子宿夜的那個星晚……不知不覺間，我的面龐爬滿了淚痕。再見了，親愛的菲菲，我的愛人！再見了，親愛的小天！我在悔恨交加中默默道別。貓兒迎著呼呼的風發出淒慘的嗚咽，令人肝腸寸斷，是我從未聽過的。

燈盞繼續悠緩地越過紅樹林，悠緩地越過金黃的蘆葦花田……依然良久地佇立著，好似被凍結了般，菲菲娘兒倆一動不動，彷彿正在佇候著某人歸來……我們愈飛愈高，他們的身影縮成了兩個小黑點。也許，在他們心裡，愈飛愈高、愈來愈小的孔明燈是永遠無法抹去的一滴血，業已隱沒在了茫茫穹宇……

我與貓兒翱翔著飄往天堂外圍，覆蓋上帝宮殿的積雪霎時融化，聖殿恢宏莊嚴，金光四射。大朵大朵的鶴望蘭在眼前盛放，如火如荼，恍似千萬隻仙鶴迎風飛舞。貓兒輕巧地飛躍而過，而我，又撞到了無形的牆。

「主人，您回去吧！—— 找他們去！」貓兒隔著牆大聲呼喊。

「好的！—— 可是，我還回得去嗎？」我焦急萬分。

未等貓兒答話，一股巨大的力量裹挾著我遽然下墜、下墜……

「啊 —— 啊 —— ！」我驚叫著醒來，發現自己正從床上坐起，額頭汗津津一片。我驚魂未定，連忙抽出床頭櫃，查看我的一條全綿格紋手絹，其上印有血痕如一朵暗紅梅花，七年前菲菲被玫瑰刺所傷，我用它擦拭並保存至今。我將手絹貼近面龐，內心五味雜陳。

突然，我聽到了女傭的嚎啕下床查看，她剛才夢見我，正坐在靠背椅上哭天抹淚，見我安然無恙便停止了哭泣。「請通知司機備車，我要去沙頭角。」我吩咐她道。驀地外頭傳來喵喵聲，我急轉身奔到露台，樓下，橡樹的冬菇頭才進行到一半，園藝師邊吃盒飯邊朝我揮手致意，蹲坐他腳旁的貓兒向我展露出微笑，旋即 —— 消失無蹤……

創作於：2021 年 10 月 28 日

發表於：《香港文學》第 451 期，2022 年 7 月號

城門水塘 180 x 150cm, 2015　林鳴崗

電子寵物

在曼徹斯特工作多年的兒子阿誠傳來婚訊，此次他專程回香港，邀請我過去參加婚禮。我們約在彼岸咖啡屋見。我照例七點到咖啡屋用餐，我是這店多年的老主顧。咖啡屋呈橢圓型，空間闊大，外圍是一圈名貴花木的花圃，幽香清絕。這裡環境浮華考究，裝潢奢華，充溢著濃郁的北美情調，室內常年瀰漫著深度烘焙的咖啡豆香，最牽動我的是，坐在窗口位可以望向碼頭，那兒稀稀落落地坐著幾個人在垂釣。或許那其中仍坐著我的琳達，我愛作此幻想。

「琳達，咱們的兒子終於要結婚了！」我由公事包掏出一個蛋型電子寵物機，低喃地對亡妻叨唸著。我比琳達大十幾歲，她十七歲已經跟了我，離開我至今已整整十五年。撫今追昔，我感慨萬端，多少前塵往事依然歷歷在目。我閉上眼睛，任憑思緒把我帶回那個年代。

2007 年，公司處於創業階段，我經常開會加班忙得團團轉，阿誠在英國讀書，琳達總是投訴我沒時間陪她，顯得悶悶不樂。為了多陪伴嬌妻，我中午與她在公司共進午餐，之後，我繼續埋頭苦幹，琳達則會蜿蜒穿過街頭集市，獨自去附近的公園蹓躂。

那時，為了解悶，琳達開始飼養電子寵物，達到了機不離身的地步。因為飼養電子寵物，琳達還結交了一位閨蜜 —— 碧翠絲，同樣是溫柔曼妙的女子。我只見過她一面，是琳達帶她到我辦公室的。她們都三十出頭，身形相若，一樣的身高一樣的苗條，都有水蛇腰、細長四肢，都喜歡穿粉色及膝的連衣裙，同樣的秀髮披肩。我那時打趣説她們也許是失散的姐妹。這話充滿調侃意味，因為她們的臉區別甚大。琳達長著水靈靈的圓眼，直挺的古希臘雕像式的鼻樑，櫻桃朱唇，下巴內縮。而碧翠絲則不然，她眼睛細長，鼻子小巧稍顯扁塌，嘴唇單薄，額頭靠近髮際線處有一角硬幣大的凹陷疤痕。

琳達收藏了十二款不同時期的寵物機，每部外殼都用保鮮膜包裹著，如珍似寶地擺放在古董架上。她走後我不斷自我反省，思情無可排遣之際，我嘗試將它們裝上電池，親身體驗愛妻養電子寵物的樂趣。兒子阿誠於殯葬期間回港，始終緘默無言，回英國時他帶走了其中兩款，看得出，噩耗雷電般猝然而至差點擊垮了他。光陰飛逝，十多年彈指即過，我如今也對這些電子寵物關愛有加，它們寄託著我對亡妻的無限哀思。

記得在琳達溺水身亡後的那幾個月，我終日以淚洗面。她離開的第一個生日，我在公司樓下餐廳點了一份二人套餐，開了一支香檳，我與珠珠（妻子以前最寵愛的電子寵物）為假想中的她慶祝。為了進一步探索愛妻生前的活動軌跡，我挪著醉步踅出餐廳，捏著珠珠往公園走去。

這個公園地處車水馬龍的繁華鬧區中心，綠樹成蔭，芳草如毯，堪稱都市之綠洲，我之前居然從未陪愛妻來過。我邊走邊觀賞著種類繁多的樹木：烏口樹、黃槿、大葉合歡、牙香樹等，雀鳥聲此起彼伏，真是個散步的好去處。接下來的一幕讓我終身難忘，在觀景台旁，我看到了一個熟悉的身影：紫羅蘭連衣裙隨風輕曳，腰間裙帶飄起 —— 正是琳達素日最青睞的那條裙子，殘陽之光將她的麗影倒映在細碎的鵝卵石小徑上。不，我渾身打擺子似的顫抖起來：琳達！我的小寶貝兒啊！我赫然呆住了，酒也醒了！隨著她的身影緩緩轉來，我全身的血液都凝固了，呆若泥塑木雕！這不是琳達又是何人！「琳達！琳達！」我喉嚨發澀，生怕這一切會消失如夢幻泡影，用盡全力嘶啞地喊出！她驚疑地望向我，慌亂地抓起石凳上的手提包想跑，但是我上前一把拽住她的右手腕，雙膝抖顫幾乎要跪倒：「我的妻！小寶貝兒！琳達不要跑！」她鎮靜下來，不再試圖逃走，只是靜靜地說：「您認錯人了，先生。」這聲音似曾聽過，確實不是琳達的，可是我一時記不起。我的目光近距離貪婪地舔著這張熟悉的臉龐：圓眼直鼻，櫻桃小嘴，只是額頭添了一塊陳舊的疤痕。這世上，琳達真有雙胞胎姊妹麼？我的腦子一團漿糊，混沌一片。她終於在我鬆手的一剎那掙脫，倉皇逃離時，她掉了東西又俯身拾起，是一個電子寵物機！

陰風冷冷地吹襲著我，送來各種草葉與泥土發酵的氣味，我同時還聞到濃烈的咬破自己舌尖的血腥味。我一陣暈眩緊閉雙眼，踉蹌了幾步下蹲，待我重新睜眼，四周異常冥謐，剛才發生的事情如同被風吹到現實的一團薄霧，像夢境般那麼失真。這個謎團困擾著我，使我失去了之後的安眠。直到三個月後，香港刑偵組的探員打給我，說琳達的遇溺不是意外，可能另有隱情——這才陸續驅散迷霧。原來，公園裡的那個女人便是碧翠絲，她與琳達搞在一起，被她的同居男友崔先生得知內情。這個妒火中燒的男子遷怒於琳達，在琳達夜間釣魚時推她落海，行兇過程被旅客無意中攝錄並揭發了出來。真相大白！我頹唐地將自己關在屋子，三天三夜不吃不眠。我接受不了最親愛的妻子原來一早已背叛了我。

2008 年，初審判處被告終身監禁，上訴高院上訴庭獲判發還重審。二度初審維持原判，被告人再度上訴終審法院勝訴。2014 年，第三次審訊仍然維持謀殺罪有罪和終身監禁判決，之後，被告認罪沒有再上訴。

我最後一次見到碧翠絲是在法庭上，看著她恍若看到嬌妻重生，把我的心戳得鮮血淋漓。雖然妻子對我不忠，但我最終還是原諒了她。我不知道該如何看待她們之間的感情，這個女人為了所愛之人，大刀闊斧地整容，下輩子都以愛人的容貌生存於世。我很想衝上前斥責她，或者摔她一巴掌解氣，但是我什麼都沒做，渾身冰冷僵硬。

當我走出法庭大樓，看到對面街有同志會的成員拉起了寫著「一樣愛，勿歧視」的橫幅，歇斯底里地叫囂著口號，三五個警員正一邊説著對講機，一邊朝他們走去。我內心的悲涼無可名狀，雙腿乏力，眼前發黑，一個倒栽蔥栽倒在街邊。等我甦醒後，我便深陷無邊的哀傷之境……

「戴先生，您的寵物餓了在叫您呢！」女侍應柔聲提醒我，將我由回憶喚回現實。我低頭一看，珠珠正噘著嘴對著屏幕吱吱呢，它的聲音嬌滴滴的，令人憐惜。

我邊吃天使蛋糕邊餵珠珠吃漢堡、喝珍珠奶茶，這麼多年來，由於我工作太忙經常將機器調成靜音，它無數次孤獨地死去、無數次昇天，我亦固執地讓它重新復活了無數次。沒有親人相伴，我只與它一起吃晚餐。這家咖啡屋主要做寫字樓生意，中午門庭若市，晚上卻極缺人氣，四周的氛圍過於詭異，讓我恍惚間誤以為琳達又回到了我身邊，我幾乎可以感受到她在耳畔的呼吸，聽到她在喃喃央求:「老公，陪陪我！陪陪我！」

沉重的玻璃門被推開，高大的身軀挾著一陣風而來，是阿誠。他剛毅的身形線條是長期跑步鍛鍊的結果。

「爹哋，我這次回來，也想問清楚媽咪當年溺水的情況。」阿誠果然成熟了不少單刀直入。

「當時為了不影響你的情緒，我隱瞞了整個事件。你應該有所耳聞——你媽咪、她是被人故意推下海的。」説出這樣的事實對我們父子無疑是二次傷害。

「這人是誰，為什麼要這樣做？」阿誠的拳頭握緊了。

「我那時太忙，忽略了關心你媽咪。你媽咪背著我與碧翠絲阿姨走到了一起，碧翠絲的男友知道了真相懷恨在心，跟蹤你媽咪把她推下海，他自以為做得神不知鬼不覺，卻被一位遊客無意間拍了錄像報了警。」

我取出泛黃的報紙，指出一小塊當時的新聞報道。阿誠認真地讀著，半個巴掌不到的新聞，他看了足有十分鐘。他展現出異常包容之態，甚至可以説不動聲色地放下報紙:「知道了爹哋，您要好好的，我只有您一位親人了！孩兒不孝，不能好好照顧您！」動情的話語讓我內心的堅冰世界轟然崩塌，我竭力咬著舌尖，強忍住在公眾場合痛哭的衝動，口腔瞬間充滿了血腥味，我抿緊了雙唇。他的眼光投射在寵物機上，忽然話鋒一轉，故作輕鬆道:「已經出了很多新版本了，您還玩最老舊的這款！我把媽咪的那兩款還給您！」他變魔術般攤開厚實的大手板，兩款寵物機躍然掌上，它們都穿著粉色毛線衫，甚是呆萌憨拙。「這些毛線衫是我織的。」他戲謔地抽動嘴角，我聽出了抑制不住的顫音。我依然坐著沒動，像被使了定身術。

他眼神閃動，錯開了與我的對視，似乎飄向遙遠的深處，喘了口粗氣，他繼續提高聲量講説，那模樣似乎置身傳銷現場：「我飼養著最新一代的寵物叫伴伴，在我的婚禮，所有嘉賓都將帶寵物機來一起聯網，我要為伴伴尋覓它心儀的伴侶，哪怕這個伴侶在天涯海角——這將是婚禮的重要環節！」他大手從挎包抽出一張信封，鄭重其事地放在雕花圓木桌上，手掌按在其上數秒又移開。咖啡屋憂傷的音樂在他臉龐流動，似乎將憂傷流進他體內的每根血管，又從他體內流回桌面，流至我的手與腳，流至我的五臟六腑。

我機械性地點了點頭。他臨走前瞥了我一眼，眼神就像他母親一樣幽怨，讓我打了個寒噤。暮靄從四面八方涌來，偌大的咖啡屋只有我一個顧客，我覺得自己就像閉鎖在寵物機裡的寵物，正向外窺視著主人。玻璃窗外，阿誠留給我一個挺直的背脊，隨他一同行走的同樣是挺直背脊的青年人，落拓不羈，他們肩並肩走遠，暮色吞噬了他們。

我亦挺直腰板，端起冷卻了的咖啡，就著泛滿口腔的血沫，一小口一小口地吞嚥著，如同一位帝王在品嚐瓊漿玉液。接著，我餵珠珠喝咖啡，今晚它註定陪我失眠。我的手繼續開啟信封，裡面有一張飛往曼徹斯特的機票。結婚請柬上燙金的字寫著：「婚禮邀請函：心之所向，素履以往。邀請您與您的電子寵物見證戴誠先生與宋河先生的婚禮。」

創作於：2021 年 11 月 19 日
發表於：《香港作家》網絡版第 20 期，2023 年 4 月號

香港寫生 30 x 40cm, 1986　林鳴崗

倫敦的月光

自從倫敦風光圖貼在桂嫂床榻上方的玻璃窗上，每逢夜深幽悄，她便開啟了神遊模式。屋外月光映射入房櫳，銀輝如水，圖上的滿月熒熒透亮。桂嫂半瞇著眼似睡非睡，沐浴在倫敦的月光下，有時她試圖伸手掬水般想將月光擁入懷裡，有時想像著兒子帶她坐船遊覽泰晤士河，這些念頭不時閃現，猶如漂浮在千頃漣漪間的永不沉沒的小島嶼。

桂嫂住在這所香港老人院舍快一年了，院舍是表舅鄭先生所開，之前十二張床位都住滿了，身體狀況比較好的有她與王伯及張伯，平時可以起床走動走動，其餘的都長期臥床。每天早上十點，她總是作為鐘點工輪流攙扶他倆散步曬太陽。

王伯七十出頭，去年剛來時精神矍鑠，會將被子疊成豆腐塊。他平素愛潑墨作畫，墨汁四濺，惹得大家避之則吉，院裡將他安排到最裡邊衛生間的另一端，算是獨立間了。才過了大半年，他彷彿變了個人，養成了愛臥床的習慣，頭髮不理髫鬚不剃，時常眼神呆滯，好像在做白日夢，又像沉溺於往事，處於半夢半醒之間。

他年輕時曾在大帽山下的村莊養蜂賣蜜，自己種菜搞批發，工餘時間還搗鼓盆栽，在山腳的木架上排開，引來電視台生活欄目的記者專訪，甚為自得其樂，之後為了獨生女讀名校，把這一切都轉讓給朋友，用畢生積蓄在市中心買了房。他閒時偶爾也賭馬買六合彩，做著香港平民百姓都會做的發財夢，不過都沒有轉過大運。他喜歡四周圍閒逛，女兒讓他疫情期間少外出，他反而打電話大吵大鬧，女兒也只好遷就他。

「真好命哦，有個這麼孝順的女兒！每星期都來看他，還帶他外出豪飲！」

「可他對女兒都是黑臉的！」

院友們不知道，他怨恨女兒送他來院舍，否則他住自己家，銀行還有一點積蓄，平日裡交個女朋友約飲茶，偷得些許浮生快意自不在話下。無奈女兒單親帶著孩子，前年再婚嫁了個廚師，沒有房，最後住在丈人家。女婿與丈人時有口角摩擦，動了歪腦筋，反而把丈人送到這兒來了。王伯不捨得女兒做夾心餅，就忍氣吞聲住下了，現在脾氣愈來愈暴躁，也是情有可原！家家都有難唸的經。

「上次他女兒買了老婆餅給他，他啃了幾口就吐出來，外層的酥皮掉在床單，搞得一塌糊塗。」舍友們私下這麼議論著。

「那是搞錯他意思啦，他這人不是省油的燈，年輕時多少鶯鶯燕燕圍著轉！他是想女兒幫助他介紹女朋友。」

「他的心這麼大呀！」趙婆婆的假牙還泡在杯裡消毒，笑起來乾巴巴的，「今朝有酒今朝醉，牡丹花下死，做鬼也風流哦！」

「說來奇怪，桂嫂這麼年輕就住到院舍來了！」

是的！桂嫂才 54 歲，是這裡面最年輕也是身體狀況最好的。她是北方人，人高馬大，五官端正大氣，年輕時做過連鎖餐廳的女招待。桂嫂做事勤快俐落，舍友對她口碑極佳。

去年兒子孝孝申請了 BNO 居英簽證，說「追隨一束光」而去，這束光無疑是倫敦的月光了，每每想起，她都會不自覺地撇一眼那幅畫。兒子是受了表侄子影響的，在電視台工作的表侄於國安法出台後，連退休長俸都不要了，辭職移民去英國，還買了房子，年底準備接妻女過去團聚。兒子臨行前為她交了三年的院舍租金，她空閒時總會去兼職。在這群公公婆婆眼裡她是一股清流：身體保養得好，風韻楚楚，還能說會道。

「孝孝移民去了倫敦，發達了就會回來找我。」她老是驕傲地揚起頭，天花板中央的燈正好映著她的臉，讓她瞬間煥發青春般靈動了起來，音調也提高了若干度。她沉浸於自我言說，淋漓舒暢，似乎下半輩子的幸福已經充盈了這間暗沉的院舍。舍友都主動幫腔：「到時候像戲劇裡面唱的『榮歸故里』妳就享福了！我那挨千刀的小崽子不知道躲到哪裡去了！」她未來的幸福，似乎就是全院舍的幸福所在，大家都願意圓夢一樣地去維護這個夢想，彷彿每個人到時候都可以沾一份光似的。

也許生下了一男半女都未可知，到時候給我驚喜，拖兒帶女回港找我這個做奶奶的，那時，我要擺擺架子訓幾句話，該享福的儘管享福，畢竟是一家人，一輩子不容易呀！她再往深層想便是維持如是觀點。

「我讓女兒帶了些紅棗給妳，吃了補血的。女人要補血氣色才好。妳的老婆餅可以勻我一塊嗎？」王伯愛這樣討好她。

她聽出他話裡有話，不過她無動於衷：這個老頭子！

「妳幫我研墨吧！」「現在還用硯台這些個雅緻器具？文具店不有現成的墨水麼？」她不解地問。卻見他瞇眼從寬大的短袖管窺視胸衣，她知道了他的意圖，臉一紅，狠狠把墨條兒往桌面一拍，扭頭便走！

有時攙扶王伯走動，去到無人的走廊盡頭時，王伯會直勾勾地看著她，低聲咕噥道：「後悔囉後悔囉！我那時豁出去都應該要回我的房子——這樣，我才可以——

有妳呀！」她裝作沒聽見扭頭看升降機，一滴眼淚迅速地滴落肩膀，打濕了布衫。

王伯做的最正確的事情，便是讓女兒影印了倫敦風光圖送給桂嫂，而她滿心歡喜地收下——皓齒嫣然！朗月清輝賦予她希望，銀色粉末飛散著，魂牽夢繞之際，靈魂每每捨棄了肉身暢遊其間，載浮載沉，尋找她最牽掛的人。圖片上的圓月借了窗外的清輝照射下來，倫敦的月光穿越時空而來，猶如無聲的詠唱，清輝如洗——似乎要滌淨院舍的病毒。

院舍原本有十二人，第五波疫情來襲，大門右側的六位受新冠病毒感染，因為沒打疫苗全軍覆沒了（包括張伯），剩下左側的六位安然無恙。餘下的六位，除了王伯與桂嫂偶爾外出，其他的似乎被世界遺忘了，如同大腦中殘留的記憶，在行將就木之際被挫骨揚灰了。院舍是各地船隻集散的港口，老人們停的停，走的走。王伯不需為桂嫂攙扶張伯散步而吃醋發飆了，但是他明顯緘默了許多。

「女兒勸我打疫苗，我已經不敢輕易相信她，身邊朋友很多都沒打，為何我要打！」王伯的固執是出了名的。他沒有打針，現在的餐廳需要掃「安心出行」上傳疫苗針卡的，否則根本不讓進！生日當天，他也只是買了盒飯與蛋糕，在公園將就著慶祝呢！

趁著身子骨尚硬朗，桂嫂報名去做義工派送抗疫物資。義工隊友預先告知，接收抗疫包中有一位是獨居男士，因為去機場途中發生交通事故造成雙眼失明，據説他的錢也讓女友騙走了，他在港仍有親人但無顏面對，需要經常為他送去速食麵、麵包及罐頭等食品。當她送到某棟唐樓按門鐘時，一個男子拄著枴杖蓬頭垢面地應門，他穿著皺巴巴的睡衣，神情冷漠地將銹蹟斑斑的閘門打開一小口。屋內沒有開燈，走廊光線慘淡不定。她呆住了，盯著臉孔看了許久。瞎子瞇著眼，眼窩聚著一小灘渾水。她捧起抗疫包飛快地瞅了瞅地址下的名字。是的，是這個名字！她顫抖地遞給他袋子，男子慣性接過説謝謝，她啞著聲音在喉嚨口「嗯」一聲作為回應。

彷彿記起什麼似的，她忽然拉開衣袋拉鍊，掏出做義工的補貼三百元，將紙幣塞入他手心，而他摸索著紙幣倏地變得敏感，挺直了腰桿的同時面部泛光，咧嘴做了一個比哭還醜陋的笑臉，還微微頷首表示滿意。見沒有下一步動作，他關了鐵閘，掩了木門。枴杖的篤篤聲遠去了，如同垂危的病人發出的呻吟。

她定定地佇立著，半晌沒有緩過氣，然後貓下身按住心口大聲喘氣。腹部翻江倒海，乾嘔了半晌。

那天回到院舍，她比平日溫柔了許多。

「王伯，你不能一直吃安眠藥，有副作用的，到時候頭痛有你受的。」她敦促著把藥收起來，「來來來，還是吃我買的老婆餅吧！」「阿桂喲，難得妳記得我喜歡吃老婆餅，還給我捎了一大包，真是有心了！」王伯欠著身體坐了起來，右手敏捷地拽住了她的手腕，此刻，她出奇的好脾氣，嬌嗔地白了他一眼，才施施然抽出手幫他掖了掖被單，令他受寵若驚。待他神魂顛倒，回過神想要再說什麼，桂嫂已經兜到外間去了。

她仍是軟語溫言，勸慰明婆婆不要吃安眠藥入睡，並幫手按摩明婆婆的肩背，未幾姍姍而出。她不動聲色的，只是鬢角髮絲淩亂不堪，髻子鬆鬆垮垮。

夜晚，凝視那幅畫，她的臉色與畫裡的天空一樣陰沉。圓月呈現灰白色，彷彿懸浮在畫面之外，月輝蝕骨侵髓般森冷，雲譎波詭，海水強烈的腥味撲面而來，耳邊響起了浮標鐘的鳴響，漲潮的聲音清晰可辨！「河面捲起浪濤了！」她嘟噥道，心底湧起陣陣寒氣。弓著身子她抱緊雙腿，好似泡在母體羊水裡的胎兒，不，準確地說是浸泡在刺骨冰冷的月光裡。

過了數日，王伯入院了。

「王伯感染了，沒打疫苗，不知道能否挺過這一關。」「讓他不要外出他偏不聽，應該是慶祝生日中招的，差點連累我們。」兩位婆婆對著隔板妳一言我一語閒聊。

第二天的議論甚囂塵上。

「王伯昨晚半夜在醫院的洗手間上吊過世了！」

「可桂嫂呢，為啥要自殺？還是雙料自殺——吃了安眠藥跳海。莫非她喜歡上王伯，見他走了，萬念俱灰也跟著去了冥府？」

「這很難説，猜不準喲！看見她親手餵王伯吃老婆餅的，王伯那股樂呵勁是沒得説的，那天坐自動洗澡椅居然打起水戰來⋯⋯」

收音機正在播報：「港大防止自殺研究中心發現，自上月28日起，自殺風險指數有上升趨勢。過去一週，有21宗自殺新聞，有8宗涉及65歲或以上人士，中心推算全年或有400名長者自殺，較往年多1.5倍；另一高危群組為35至54歲中年人士，原因主要和身體或財政有關。⋯⋯」

院舍老闆鄭先生現身，告知大家桂嫂的情況，幫助捋清了思路。桂嫂的獨生子覬覦桂嫂的財產，騙取經紀信任將她的股票賣掉，還變賣了她的房子，想捲款移民，只留下字條説港府可協助有困難的長者申請資助，豈料人算不如天算，她兒子交通意外弄瞎了雙眼，得到了報應。

三月下旬連續數日回南天，天氣翳悶返潮，牆壁水漬黑印一塊塊，玻璃窗凝結出小水珠，猶如珠淚涔涔而下。有清潔工過來推開了窗，倫敦風光的圖片脱了膠，在一陣突如其來的大風吹拂下，刺溜一聲被捲到了窗外的陡坡上，王伯的女兒正提著王伯的遺物抽抽噎噎經過，她附身拾起圖片，良久地撫摩著，暮色蒼茫，淒迷窅冥，煙靄籠罩著，將她渲染成一個佝僂的剪影……

創作於：2022 年 3 月 30 日

發表於：《香港文學》第 465 期，2023 年 9 月號

香港大澳 60 x 80cm, 2017　林鳴崗

共看星月回

黃昏，暑氣消散了些，侯教授往窗外探了探頭，慣性地托托眼鏡。玻璃窗映出他下頜顫晃的一縷花白的山羊鬍子，今年他感到精力疲乏，刻意蓄起了鬍子。路旁幾株大葉紫薇綻放得如火如荼，富有層次的粉紫與暗紫，錯落有致，美不勝收。他下意識地深呼吸，想把花香吸入肺部。樹旁一塊陰涼的空地上，一對青年男女在打羽毛球，他們正處在中四中五的花樣年華。

「過兩天記得要觀看八星連珠啊！」暗栗色長髮的少女一邊發球一邊提醒同伴。

少男滿臉興奮，點頭稱是：「據說八星連珠錯過要等 183 年哪！」

「真的嗎？」

「觀星愛好者都盼著這一天呢！」

「有沒有聽過穿越？」

「坊間確實有這麼說的，呵呵……」

今年 2022 年 6 月 25 日，水星、金星、天王星、火星、木星、海王星、土星和冥王星將會由東邊及南邊陸續於黃道附近出現。最亮的是金星。至於天王星、海王星及冥王星肉眼看不到，須藉助望遠鏡。這則新聞在長期防疫抗新冠的日子裡，如同投石濺起不小的水花，引起了香港市民的關注。

侯教授亦被勾起了往事，心事如同暑天的一顆豆芽般霍然生長起來。他不會忘記有生以來第一次驚艷的自然奇觀。

往昔如昨，那是 1962 年 2 月 5 日，恰逢春節正月初一。那次的「七星連珠」竟然與日全食相遇！侯岑兩家一同外出旅行，郵輪正暢遊在太平洋海面上，陽光普照的天空突然黑雲壓頂，蔚藍的海水昏黑慘淡，海鷗嘶鳴撲騰。在這幽暗的甲板上，侯永與岑菲因驚異而下意識地偎擁在一起，聆聽到彼此的呼吸。俄而，太陽圓盤被月球陰影遮蓋，「黑太陽」高懸空中。金木水火土五大行星圍繞著太陽鬥艷爭輝。奇觀持續了 8 分鐘之久。那一刻，大自然向他們展示了天象奇觀，亦似乎啟發了他們 —— 他們忍不住接吻了，多麼純潔的初吻！

「都說七星連珠的異象發生，如果心靈感應，頻道一致，人們可以穿越時空呢！我祈願可以在某次天體異象穿越，與未來的你相見，看看你白髮蒼蒼、白鬚飄飄的模樣！」她合十閉眼潛心祈願。

「那一定很有趣，不過到時候，小丫頭，妳肯定不認得我！」他故意輕輕拽了拽她的兩條馬尾辮。

「誰說的？拉鉤！我當然可以一眼認出你！」

他與岑菲同齡，剛滿 16 歲。「妾髮初覆額，折花門前劇。郎騎竹馬來，遶床弄青梅。」李白的這首詩歌體現了青年人對愛情的篤定，而同樣青梅竹馬的他們，對未來則是迷惘一片。這種極其罕見的天象到底是吉兆還是凶兆呢？之後的三個月，他們因父母工作的原因被迫分開了，岑菲一家移民去了美國。他送了她一部望遠鏡，帶子上繡了粉紅色的 C. F. —— 她名字的縮寫字母。

「小丫頭，我們以後要很久很久才能再見面了……」千鈞的巨石壓著他的心，音調幽了下去。

「誰說的？暑假或者聖誕節，我讓媽媽帶我回來看你！」她的聲音故作俏皮，卻掩飾不了傷感。

此後，他們再也沒有見面。初期通信互寄照片，他知道她先去了加利福尼亞，然後是馬里蘭，接著是華盛頓州、科羅拉多州 —— —— 每次他都用熒光筆在地圖上標出地址，在課餘休息時痴痴地悵望。最後，他接到了噩耗，岑菲於學校旅行中不幸溺水身亡，永遠停在了 22 歲。

後來，他大學畢業出來工作，多少個春秋倏然即過，在父母的催促下結婚生子。愛情隨著時間的流逝，終究只是一場自我與社會的表面調和，內心深處的痛楚總會在夜深人靜時螫噬著靈魂。之後，他轉移注意力，對古籍的辨偽、輯佚、勘校以及編纂等方面，付出了畢生的心血。

今年百年一遇的「八星連珠」是吉是凶？網絡論壇上對此爭議頗多。他只知道，《史記．天官書》記載：五星聚合，是天下變遷之兆。公元前 185 年與公元 710 年，都出現過「五星連珠」，兩例都驗證了兵災之後是盛世之説。現在回想，16 歲看到的自然異象應屬於災難，因為心愛的小丫頭一去不復返了。

他難得地撇下手中的工作，來圖書館搜索起八星連珠的資料。「七星連珠」在 2000 年 5 月曾出現，當時為水、金、火、木、土、月球和太陽組合而成。他獨自用望遠鏡默默地凝望如洗的夜空，心想：天體間之運行均存在著引力、磁場、輻射等力量，都會影響地球的磁場。1982 年 3 月 10 日出現過一次以地球作視點的九星連珠，下一次九星連珠，要等到約 5900 年之後了。

正當他聚精會神地搜索資料時，手提電腦的社交軟件上忽然跳出一行字：「我一直在等您。」他竭力想刪除，卻無法做到。糟了，莫非中毒了！

他有點慌亂地坐直身體，迎面走來一位女子。

她二十出頭，梳著傳統孖辮，挪著輕盈的步子姍姍而來。她穿的不是圖書館職員的制服，反而像是某中學的校服。企領斜襟，左胸前有校章。窄身藍色長衫連身裙兩邊開衩，修腰的設計，展露傳統女性的優美線條。

「我一直在等您。」看不清口罩下的臉，不過她的眼瞳清澈明淨。

「什麼？」他有點錯愕地怔住了，不大明白她的意思。

「您還在等我麼？」她輕啟朱唇，如同問一位多年不見的老友。她在對面坐下，鄭重其事地邀請他賞臉：「侯教授，很希望有機會可以請您喝杯咖啡！」

他只當是普通的應酬話，瞥了一眼她胸前的名牌：「C. F.」，判斷她應該是圖書館的職員。這幾天，他坐在這個位置翻尋過往，而她彷彿預知了一般，於午間休息時都坐在了他對面。

她欲言又止的語氣讓他不忍心拒絕。

她始終小心翼翼地攙扶著他上下樓梯。雖然我還不至於年老到需要攙扶，不過，我還蠻享受當下的 —— 他心裡揣度著。他們在圖書館地面的西餐廳喝咖啡。

他的內心重新審視著這番略顯突兀的會面：或許是向我求幅字，或許希望我加入什麼社團掛個名，此類要求太多了，屢見不鮮。不過，直到喝完咖啡，他仍然不得要領，因為她僅是零零星星地與他探討八星連珠的新聞。

「您是蜚聲海內外的古籍編纂專家，之前彷照某通考體例，編纂歷史文獻，電視上報導過的。」她用充滿尊敬的口吻娓娓道來，「而且，我知道您曾發表過一篇小說。」

「小說？」他詫異地問，同時腦海如同掠過一股龍捲風，前塵往事呼嘯而來。是的，他讀大學時的確寫過一篇小說，發表在報紙上，是為了紀念過世的岑菲以及戀情的夭折，之後，他再也沒有涉足小說領域，而是將畢生精力投入到對古籍的研究中。

他抬起頭望向她，似乎在極力搜索記憶的深處，想探知她的來歷。

「今天是我生日，我收到了三個不同年齡段的男子的禮物。想請教您，各代表什麼意思？」她低喃著，「在年輕男子那裡，我得到了一支唇膏；在中年男子那裡，我得到了他出的詩集；在老年男子那裡，我得到了一封紅彤彤的大利是。」

她所說的似曾熟悉，他不自覺地閉上雙眼回憶，沒錯，他的那篇小說就是寫一位老人希望可以向他的初戀展示不同時期的自我。他顫抖著嘴唇回答：「祝妳生日快樂！唇膏，是少年人向他的初戀表白；詩集，是他展現中年時的自己；大利是，是代表老年的他對戀人的祝福。這三個人，實際上是同一個人。」當他睜開雙目，眼裡蒙上了一層水霧，他用詢問的目光看著少女。

「我，就是小說裡的少女。」她平靜地迎向他的目光。

他迅速在電腦上搜索著，找到之前保存的舊檔，是一份日報，翻到文學副刊版，正中央刊的是小說《何時重逢》，講述一位老人在回憶他青澀的初戀：身為大學生的他想送一支唇膏給心儀的女孩，在女孩即將移民前夕的生日，即使內心掙扎鬥爭，也始終沒有捅破窗戶紙，唇膏亦沒有送出。他內心希望可以與她走下去，直到一起老去。小說結尾末句是：「我會一直等妳回來。」

這篇小說發表於 1968 年 —— 五十四年前。

「風雨晦明，半個多世紀了，妳收到唇膏了，那，他終於送出去了。」他長吁了一口氣，面部沒有那麼緊繃，似乎釋然了。

她彷彿置身事外地凝眸，並逐漸靠近他，在他的瞳仁裡，她看到那個 16 歲紮著兩條馬尾辮稚氣未脫的少女。

「妳是岑菲！」他的語氣透露出毋庸置疑的倔強，克制著激動的情緒請求道，「可以除下妳的口罩讓我看看嗎？」

「我只是您小說裡的女主人公。」

「這麼說，我再也見不到岑菲了！」他的瞳仁收回了希冀的光芒。

「誰說的？」她吐出這幾個字。熟悉的口頭禪在他耳膜炸響，他的腦子一陣嗡嗡，竟不懂得如何反應了！

沉寂了數秒，他伸手顫巍巍地摘下她的口罩。

這張面孔同樣秀麗可人，卻不是岑菲。他沮喪地低下了頭。

6 月 25 日凌晨，他與小說的女主人公一起在自家後院等待觀星。大葉紫薇的暗香隨風飄來，同時飄來淡淡的憂傷。周圍有不知名的昆蟲在嚯嚯歌唱，遠處山巒起伏，脊嶺上摩托車隊在飆車似的，車燈明滅不定。4 時 30 分左右，八星連珠的時刻到來，他們欣賞到了天鵝絨夜空的壯觀之美 —— 傳媒亦第一時間上傳了照片。溢美之詞充塞著留言版，天文愛好者爭先恐後地分享天象奇觀的照片。他也不禁胸襟激盪，喘息著想起 16 歲與岑菲依偎觀星的情景，眼眶頓時潮乎乎的，萬千哀傷塞瘀胸口。

女主人公撥通了手機的視頻，他訝異地在屏幕裡看到了岑菲 —— 他魂牽夢繞的小戀人。青春少艾的她眼眸依然晶亮，兩腮泛著紅暈。他留意到，她仍穿著當年在港讀書時的校服。

「岑菲，岑菲！我是侯永，小丫頭！」他面色煞白，鼻尖冒汗，一時之間不知說什麼好，只是不停地呼喚，兩汪清淚急湧而出，順著面頰淌流。

「侯永，我認得你！我是你的小丫頭，我好想你！」清脆的嗓音也在哆嗦著，眼圈瞬間發紅，濺出了淚花。

「我也好想妳，沒有一刻不想妳！可是現在，我，我已垂垂老矣！」他的銀絲沒有做太多打理，蓬鬆地散落著。面對這樣的會面，他不知如何回應。

透過淚水，少女強作微笑道：「我說過要回來看你的！侯永，侯永，咱們見面了，多高興啊，都不許哭了！」

他嘴裡咬得咯咯響，抑制著上下排牙齒的打顫。

此時無聲勝有聲。千言萬語都凝結在彼此的目光中，他們默然注視著，淚水無聲地流淌。也許過了三分鐘，也許是五分鐘。相聚如夢幻般短暫。

「我該走了！」她依依不捨地說。

「各自保重吧！」他有些不知所措，不知道她將何去何從。

「愛你 —— 你的鬍子好可愛！」她還是不改俏皮的本色。

「愛妳 —— 我也愛妳 —— 」他喃喃地機械性地說。

岑菲脫離了手機屏幕，逐漸向幾近明藍的天空上升，一縷輕煙般模糊消逝了。而他也被掏空了心，變成了行屍走肉。一陣風吹過，樹葉颯颯作響，好半晌，他才徐徐吟出：「似此星辰非昨夜，為誰風露立中宵」。

「那⋯⋯，這副望遠鏡也物歸原主了！不管歲月如何嬗變，咱們一見如故。」女主人公像對著多年的老朋友訴說衷腸，順手從托特包取出一副望遠鏡擱在枱面。

「現在，我的任務完成了。」她輕輕俯下身，很自然地拉下他的口罩，微側著頭盯著他的嘴唇片刻。他的心怦怦亂跳，幾乎屏住了氣息，一抹久違的紅潮竟然泛上了臉頰。這一刻，流光令人暈眩。她輕啜著他乾涸的雙唇，動作優雅帶著某種繾綣意味。她的嘴唇柔軟溫潤，使他產生一股難捨難離的痙攣，在他即將迷失之際，她又帶他重返現實。她的身影朝著電腦屏幕裡的夜空飄去，身形愈來愈小，倏而消失無蹤。

他將望遠鏡緊緊摟在懷裡，眼淚撲簌簌地潑在了粉紅的 C.F. 字樣上，胸口彷彿被什麼鈍器狠狠重挫了一下。「C. F. 代表岑菲，也是『重逢』的首個字母組合。」

她走了 —— 代表岑菲走了，不，岑菲一早已經離開了他的生活軌跡。他的兒女都已成家立業，他是個慈祥的老爸，而且還多了爺爺與外公的身份。他的人生在外人眼裡是完美的，無懈可擊的。夫復何求呢？

他再次回首望向電腦中的報紙，枯瘦的指頭按住鼠標點擊它時，它頃刻間化作了一堆粉塵。

‖ 創作於：2022 年 8 月 28 日 ‖

港島半山 50 x 60cm, 2017　林鳴崗

望鄉

2022 年，全球新冠疫情的第三年，林浩常夢見與阿珍踱步於香港鹿頸的步道，道旁雜草叢生，廣闊的泥灘延伸開去，長著短草的淡水沼澤地，有牛兒悠閒地吃草。茂密的紅樹林群落間，偶爾可見白鷺翩飛。

他與阿珍的祖籍都是福州，父母親也都在老家。她與他離婚後便投靠了台灣的二哥。

7 月底，新冠染疫個案續逾數千，未見回落，死亡個案每日都有數宗。兒子寧寧因為先天骨盆淺，左髖關節逐漸脫離，在大口環兒童醫院動了手術，嵌入兩根螺絲釘頂住，要 10 月底才能出院。

疫情仍然嚴重，一星期只允許探病兩次，每次一小時。最初探病者用快速抗原測試陰性，入病房前出示給護士即可。8 月 1 日起，發展到要做核酸檢測才能探病。他卯足勁兒上了發條般來回奔波，每天由北角乘坐地鐵到堅尼地城，然後用最快的速度跑到士美菲路街市的熟食中心買盒飯，再乘 58 號小巴。最近他乘坐了無數次 58 號，亦在無數次中想像自己是小巴。印象中，小巴要比巴士折騰、勞碌多了。皆因小巴行駛的多是小徑彎道，還不時有斜坡。

在總站上車，綠色小巴在士美菲路的路口掠過，告別了市鎮大廈，進入科士街，對面街道有數棵參天古榕一字排開，氣根由樹枝垂下，無數的根鬚盤旋在石壁上，形成了一堵充滿藝術氣息的牆，蔚為壯觀。每次林浩總會多瞟幾眼，他的家鄉遍佈了榕樹，他一直覺得榕樹是用根鬚在繪畫，在向都市人表達它的心境。此類大自然的密碼，也許阿珍懂得破譯，她那麼喜歡大自然喜歡家鄉的榕樹。

小巴飛馳著，些許顛簸，些許晃顫。不時有乘客按停車掣。

「啪啪」—— 開門，乘客下車。

「嘭嘭」—— 關門，小巴繼續行駛。

窗外一堆堆棉絮浮游天際。接著小巴轉到爹核士街來到卑路乍街。當它馳騁在域多利道向西呼呼奔馳時，它正行駛在香港島區西陲的海岸線上，樹影不斷掠過，當遮擋的樹叢稀少時，遼闊的海便在眼前豁然展開，北面是碧波盪漾的卑路乍灣，西面是硫磺海峽，上面伏著兩座海螺樣的大小青洲，林浩把它們想像成是自己與兒子寧寧，不，也許想像成阿珍母子更為貼切！天空的棉絮已被風拉扯得薄稀透明了。當小巴往南劃了一道完美的圓弧，此時的海域臨近沙灣了。

「趙苑有落！唔該！」車門啪地打開，跳下一位運動裝青年男子，上來一名穿著工作服的清潔女工。

「西島中學幫我停一停，唔該！」一對年邁的夫婦緩緩地下了車，並朝司機揮揮手：「唔該師傅！」

在中學這站時常會遇到紅燈，紅燈過後，九十多度大回旋，小巴急轉直下大口環道，不消一分鐘，林浩——他這列載滿乘客的小巴也從自己的思維中突圍而出，下了車，進入兒童醫院。

有時病房內有人中招，便被禁止探病，只得將盒飯由大堂保安員轉交。來回奔波令林浩身心俱疲，他對阿珍的想念日益強烈。

寧寧終於拆了石膏，但是又説腰痛，連吃飯都要左手按著床支撐身子。他滿臉沮喪，目光呆滯。一股強大的孤獨感由床榻捲襲而來，林浩重新審視兒子，才忽然發現他長大了，雖然才讀中二，卻早已走出無憂無慮的日子，也許由出世以來，他快樂的時光就比普通少年來得短暫。林浩取出潤膚膏，幫助寧寧塗在乾燥得掉皮屑的小腿上。

隔壁床位的小學生用 wifi 蛋上網看動畫片，一副樂不可支的樣子，這與寧寧的木訥成鮮明對比。原本林浩想趁住院讓寧寧戒了網癮，如今看來行不通了，兒子住院如同坐牢，倏地變得頹廢不堪，讓他心疼兼憂心。香港的青少年都離不開網絡。我要妥協了！明天也準備個 wifi 蛋吧，在香港，林浩深感做家長的不易！

他盡量每天去送飯，醫院的飯太寡淡。有時探完病，他來到醫院後院吃著兒子吃剩的飯菜，兒子的飯量太小，一份餐經常吃不完，最近愈發削瘦了，特別是腦袋被壓擠了般又窄又長。不過，兒子的月眉星眼跟阿珍極像。

這三個月都沒有與阿珍聯絡，林浩忍不住撥通電話，才驚悉她患上了急性骨髓白血病，需要骨髓續命，惟在台灣未能找到適合的骨髓，至今仍在苦候。香港骨髓捐贈者資料庫是世界聯網的，在香港捐贈，可以救到海外的病人。

林浩思緒萬千踱到窗前。傍晚時分，外頭的秋風沙沙吹著，有點蠢蠢欲動的架勢，沙田的護城河上滾過一陣悶雷的炸響，近瀝源橋一帶浮著的太陽能板上停留著數隻白鷺，牠們被驚動，撲稜稜地飛往兩岸的林蔭裡。「所有的希望都要像黃昏的燈一樣亮起來！」他默禱著懊悔至極，任由滾燙的淚珠順著眼角滑落：過去太堅持自我，分手過於意氣用事了，我讓寧寧失去了母愛。

往昔的歲月浮現眼前。以前中秋節，阿珍會陪他喝葡萄酒，還習慣兑一些雪碧，並誇張地咂巴著説：「好爽口！沒有了酸澀感，增加了檸檬的清香！」他無奈且寬容地打趣道：「妳這是糟蹋我的好酒哇！」那時候，不僅酒是甜蜜的，連空氣都甜膩得化不開。只是隨著他加班的增多，夜歸次數也成正比了。興許是寧寧的疾病作為家庭長期潛伏的隱患爆發了；興許是照顧寧寧讓她喘不過氣來。為寧寧升中選校是導火索，那晚爆發了唇槍舌劍的爭吵，他昏了頭腦竟然摑了阿珍一巴掌。後來，阿珍含淚拖著行李離開了，再後來，她去了台灣。如鯁在喉，他想張嘴説什麼，徒餘一聲嘆惜。

那時，他以為他至少還有紅顏知己潔西卡，以為潔西卡會是雨後的彩虹，不過，他沒料到，她甚至不是雨後雲縫裡透出的霞光，充其量只是那麼微弱的一線而已。因為潔西卡始終未能走進他內心深處。「當我不痛苦的時候，其實是自我麻醉的時候；當我嘗試清醒起來，巨大的痛苦就向我襲來，一個悶棍將我撲倒。」阿珍離去後，他在日記如是記錄。

照顧寧寧有時令他絕望，他在日記補充道:「有時候，你以為已經習慣了生活給你的痛苦與逼軋，當某天你覺得一切都漸趨美好時，才發現這種痛楚可以痛徹心扉，你根本沒有在享受美好，一切美好都是假像，你只是在忍受痛苦。」

翌日，他百忙中請假，去銅鑼灣的紅十字會輸血服務中心打算捐骨髓。然而，在填寫資料時，他被告知因為有乙型肝炎無法捐贈。

今年中秋夜，陪他逛花燈賞月的是潔西卡。

潔西卡偕同她的女兒與他逛了佐敦谷水道花園——令人如臨韓國的清溪川，河道之中的巨型月亮燈飾圓滿璀璨，甫一看，個個驚歎乃天上月盤墜落人間，它散發的黃熒熒之光有著超常的引力，人流一波波地向它湧去，再湧去，滿足了世人與月亮近距離親近的願望。潔西卡是中文補習老師，身姿綽約，說話字斟句酌，她說以後可以幫寧寧與她女兒一起補習。每月七千的房租使她叫苦不迭，林浩也深諳她的苦況，知道她想早日確立關係搬來同住，奈何他目下對其他女人都沒有感覺。

回到家，林浩打開窗，天空高懸一輪圓月，顯得清冷而幽遠。「中秋快樂，祝妳早日找到合適的骨髓！阿珍，打開窗，看看月亮吧……」他發短信慰問。

「好想和你一起回家探望父母，你還記得我們那次在鹿頸望鄉嗎，我想家了……」阿珍的回覆讓他泫然而泣。

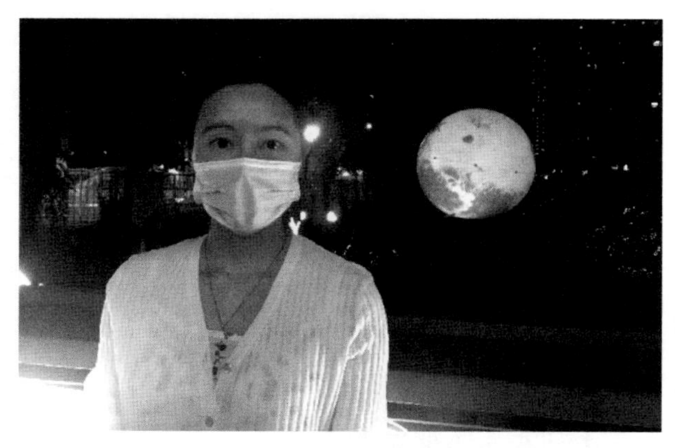

(2022 年 9 月 10 日中秋夜，筆者與佐敦谷巨型月亮燈飾)

阿珍的面容一直在他腦海揮之不去。他的公寓目前應該接受不了其他女人，那裡封存了太多與阿珍的賞心樂事以及心酸乃至苦澀的生活滋味，這份他們共同的體驗不是外人可以輕易了解的。空氣裡瀰漫的都是前妻的味道。他甚至保留了她衣櫥裡的舊衣裙，在夜深人靜時擁抱著入眠。

扭開音箱播放爵士樂曲，納金高的「Unforgettable」曲調悠緩，圓潤抒情，瀰漫著夢幻之感，他獨自灌了將近一夸脱的葡萄酒。在忽明忽暗的燈光裡，恍惚看到阿珍身著蕾絲睡裙，由卧房翩然飄至客廳，坐在對面凝視著他。林浩的右眉毛不自覺地往上挑動了數次，他已分不清是不是幻覺，半醉半醒間瞇著雙眼盯視良久，直到不勝酒力趴伏在餐枱上。

夢裡，月光傾瀉而下，鹿頸的蘆葦白茫茫一片，搖曳生姿。他與阿珍十指緊扣，肩並肩往北眺望，他們與周遭的一切都披上了輕紗。水聲潺潺，更顯夜色靜謐。在沙頭角海一水之隔就是國內的深圳，高樓大廈林立。對岸那頭有他們的家鄉，還有家鄉的親人，遠方的家在等著他們……

創作於：2022 年 9 月 30 日
發表於：《香港作家》網絡版，2022 年 10 月 25 日

秋天的水塘 90 × 200cm, 2010　林鳴崗

終點站水晶城

「叮叮叮……」朦朦朧朧中有人來電，把正思從睡夢中驚醒。天剛拂曉，對方在聽筒的聲音極其微弱，絮絮叨叨的，他側耳傾聽半天才明白，一位很重要的客戶因應環保事宜，邀約他今晚 7：30 在香港仔的漢宮餐室會面。

妻子正用洗面乳在臉上打圈，她朝丈夫莞爾一笑：「聊環保的事嗎？我不再買帶有微膠珠的護理產品了。」

「媽媽說，微膠珠最終都將排入大海，我們要守護香港的海洋才是！」一旁的兒子小卓插嘴道。

妻子素來是環保的踐行先鋒，連買外賣都自帶飯盒。樓下一株欖仁樹的枝椏平展探出行人道，面臨被鋸掉枝幹的命運，妻子近來發動路人集體簽名，希望保全樹木，這股執拗不服輸的韌勁委實令人欽佩。而他呢，一向不以為然，他愛吃髮菜，喜歡整日整夜地開著空調，享受一次性物品帶來的便利……故而，他經常問她為何如此熱衷環保。

「親愛的老公，咱們觀念相差太遠，我與你似乎生活在兩個世界。」

「我公司的信紙、鉛筆可都是用再生紙做的！」正思辯解道。

「可你實際生活並不環保呀！你看你，電腦壞了也不修理，都買了三部了！」

「因為修理費太貴，不如另外買新的！」

「如果客戶知道你表裡不一，會否把你拉黑呢？」聽得出語帶譏諷。

女人總愛誇大其詞，這是女人的通病吧。

瀏覽了一整天的環保資料，最後與妻兒在漢宮餐室共進晚餐。用完餐，他自斟紅茶等候客戶。

看到對面街 776A 小巴的終點站是水晶城，妻子的面容掩飾不住神往卻犯疑道：「香港有水晶城麼，我怎麼沒聽說？」

妻子迷戀水晶是毋庸置疑的。日前，月球上首次被發現有種新礦物「嫦娥石」，呈柱狀晶體，乍聽到新聞，妻子竟說要將「嫦娥石」做成水晶吊墜。這讓他啞然失笑了。

「水晶對我而言代表著遠離環境污染、是內心追求的一種純淨。」似乎感受到丈夫的不解，妻子解釋道。

「水晶城——或許是最近港府新開發的旅遊區。」

正思頓了頓提醒道，「等下你們是在漢宮門口乘坐776A。」

妻子點點頭，牽著小卓的手，從容地步出門廊，在小巴站等候。

正思從玻璃窗凝望著妻兒。妻子白衣黑裙，初冬的夜風吹得她長髮飄飄，裙裾揚起，腰帶正中央的蝴蝶形金屬搭扣，在清冷的月光下泛著微茫。小卓的牛仔褲褪色發白，妻子曾説生產牛仔褲耗費很多水，能穿的就不好扔掉。已有好幾架 776A 都滿載而過沒有停站。五分鐘、十分鐘過去了……他欣賞妻子娉婷美態的同時，不禁為他們著急。俄而，又一輛 776A 閃過，看來又是滿客了。

「真見鬼！」他壓低嗓門嘟囔著。

陡然，他覷見妻子帶著小卓穿過馬路去了對面。少頃，一輛 776A 靠站，妻兒陸續登上小巴。此刻，一輛大巴緩緩駛過遮住了視線，等他再看時，妻兒已沒有了蹤影。

坐錯方向啦！他內心吶喊著，打妻子手機卻是關機。許是妻子想到終點站坐回頭車，這是沒辦法的辦法！他抬起腕錶睃了一眼，7:45，現在是下班高峰期，客戶也被堵在路上了吧！他寬慰自己。

時間滴答地跳著，跳過了一個又一個二十分鐘……他忍不住撥打手機：「李經理嗎，我是高正思，我在漢宮餐室，您堵車啦……還要半個多小時到，好的……」

他仍坐著等待並研究手裡的資料，他的公司專營環保產品，製造及提供環保工程服務。離約定時間又過了二十多分鐘，客戶還沒來。他已撤掉茶，換上了妻子喜歡的瑪格麗特，每當想到愛妻，他都會喝這種入口酸甜的調酒。

再過半個小時，當他撥打時，客戶的號碼卻成了空號。如同丈二金剛摸不著頭腦，他想起妻子的玩笑話，莫非一語成讖真被拉黑了？他為自己產生這樣的念頭感到好笑。又耐著性子坐了五十多分鐘，他已連喝了數杯瑪格麗特，最終拖著疲憊的身軀無功而返，回家卻發覺妻兒還沒回來。大概去了娘家？

他的眼皮直打架睏乏得很，原想靠在床上等妻兒，卻打起呼嚕來。

次日清晨，沉悶的電鋸聲喚醒了他，妻兒仍未歸來。瞄著窗外那棵欖仁樹被鋸掉了樹幹，斷肢殘骸散落一地，他同時掛了個電話，才知妻子並未回娘家，她的手機依然關機。到底發生了什麼事？他一臉愕然感覺不妙，可又說不出緣由。他拉開梳妝枱的抽屜翻到電話本，致電妻的閨蜜，可她們都說不知道。他預感到事態的嚴重。

報案時，他跟警員描述了妻兒的穿著、特徵、攜帶物品，走失前並無異常言止以及他們乘坐上776A小巴，警員卻邊記錄邊質疑他說胡話：「香港沒有 776A 小巴，亦沒有水晶城，你不會是喝醉酒了吧。」

晚上八點多，他乘坐計程車來到漢宮餐室的小巴站，往站牌上瞟了瞟，確實是 776A 無疑。同昨晚一般，仍是數輛滿座的小巴掠過，他愣杵著，頭腦嗡嗡響。

「老婆，小卓！」他念叨著。此時，對面街的 776A 停了，下來了三位乘客，空車徑自開走了。巨大的誘惑力吸引著他。他很想衝到對面，卻一動不動，如同凍僵的冰柱。

未幾，對面街又駛來一輛空車，這次他抓緊機會狂奔過去縱身躍上。沒有懸念，他是唯一的乘客 —— 小巴開往水晶城。他倒要看看水晶城是怎樣的。他怎麼就喝醉酒說胡話了！

小巴往前疾馳，前路倏地迷濛起來，天地乍然變色，青溟混沌，時間凝滯了。776A 似乎闖進了神祕的第三空間，橫衝直撞，左拐右竄，讓他頭暈目眩！小巴最後到達了終點站，他下了車，並沒有見到預期中的水晶城。孤月高懸天際，為他拉開了銀灰色的幔帳，眼前一片廢墟，陰森慘澹。數以萬計的都市垃圾隨地堆砌：廢棄的電腦顯示屏，破碎的光盤，雜亂纏繞的電線，脫落了門的電冰箱，彈簧外露的按摩椅，壞了的遊戲機，殘舊的手機、充電器以及插板等等，讓他駭然。莫非來到了堆填區？他想找人問問，無奈周圍寂寥，沒有人影。他很後悔剛才沒有問司機，只好在廢墟裡轉悠著。月光慵倦地灑向荒城，似乎對一切早已司空見慣。置身垃圾場等同置身墳場，觸電般，他感到極度絕望的驚悚。理想是天堂，現實是墳場。他徹底懵圈了，立在巨型垃圾場的危崖之巔，仰天對月嗥嘯：「水晶城—— 水晶—— ，你在哪裡—— ？」那一刻，他儼然成了一匹蒼狼！他堅信水晶城所在即是妻兒所在！他與妻兒之間始終隔著一層水晶的空靈之光。

末班回程是 11:15，他獨自上車，想向司機打探消息，卻是徒勞。司機如同機器人般，對他的發問充耳不聞。

沒多久，他發現小巴竟然回到了漢宮的對面街，妻兒仍在候車，他們的穿著與昨晚無異，似乎被時間的大手遺留在了昨夜。只是當他的小巴刺溜停站時，妻兒卻都登上了另一輛 776A，那輛 776A 水晶小巴似乎從夢幻中突圍而出，通透晶瑩，發出迷人柔和的光芒！它瀟灑地往另一條大道蜿蜒而去，輕捷靈動，瞬間與正思分道揚鑣了！

水晶小巴如離弦的箭般飛馳著，彷彿趕赴著去完成一個神聖的使命。哦，水晶城！哦，水晶！……

創作於：2022 年 12 月 2 日
發表於：《明月灣區》2023 年 6 月號

老榕樹 46 × 55cm, 2011　林鳴崗

趕一趟小說的行腳

隱堂

微型小說

約會

滂沱大雨傾盆而下，牆上掛鐘的兩條指針終於重疊到了一起，像兩個濃情的小情侶黏在一塊兒，並且都指向了十二。

此時建勇應該沒有外出的節目吧？是啊，這麼大的雨，應該是悶在家了。曉清思量著該用怎樣的措辭邀約才好，先前她約了超過四次，都因對方有應酬而作罷。如果此次再被婉拒她怕自己承受不了打擊，捧著的手機此時彷彿有千斤重。

她本想說「今晚能見面嗎？」，鄭重地輸好之後，想了想，還是改為「今晚能見下你嗎」較妥當，至少表示只是想見一面，不一定有興趣坐太久，而且連句子後的問號也省略了，避免顯得過於慎重，表達出一種只是隨口問問、並非很在乎的感覺。

「嗶！」信息聲響了，回信倒也算快，「我已經在去離島的船上了！明天見吧！」

「這麼大雨你還上去啊！為什麼！」掩飾不住的失望讓她由頭涼到了腳，曉清擔心有何特別的事，忍不住發問。

「沒事幹！」回信蠻爽快的！

曉清看到這短訊，真是氣不打一處來：都好多天沒見面了，也不主動約我，寧可無聊得要孤身到那荒島，也不想見我！哼！她的鼻孔就要冒煙了，之前醞釀好的柔情都被一股無名怒火驅趕掉了，徒留滿腔的惱怨，眼窩幾乎要擠出淚水。

她氣哼哼地摁著手機：「那你可以將我那本 Hello Kitty 的貼紙簿帶回來嗎？」

「可以的，明天給妳！」建勇的短信約莫隔了五分鐘才回覆，但這已讓曉清幾乎沉不住氣了：明天？第二次出現「明天」！憑什麼就這樣肯定我的時間一定是空在那兒等你來填補啊！明天我就一定要乖乖兒等著你約會嗎，說得好輕鬆！好像我的世界就是圍著你轉似的！

不行，我可嚥不下這口氣！曉清迅速打出：「明天估計不行，要下星期再和你約時間！」的字樣，為了不給自己有後悔的機會，她不加思索地發了出去。

一分鐘、五分鐘、十分鐘過去了…… 對方再沒回話。

哦，今天才星期三哪，我剛才說要下星期，那最少還得等五天才到下星期一呀！哦，老天，我怎麼這樣，老是和自己作對，這樣做有什麼好處呢，這根本就沒打擊到他，反而是在折磨自己！！……但是如果不這樣，他是不懂珍惜我的！忍忍吧！曉清此時已經垂頭喪氣地耷拉著腦袋，盤算著這些天該如何打發難熬的日子，也許該重看一遍韓劇《悲傷戀歌》，把心中的委曲傷心都發洩出來！她開始反省男友常提醒的關於她很任性的話，唉，也許是啦，我都在做些什麼呀！

「啊——！啊——啊——」，」她懊喪又無奈地扯著剛為兩條馬尾辮子紮上的絹花（專程為改變形象而上網學習了新潮紮法），終於如山洪傾瀉般爆發出來，發出刺耳的囂叫，整個房間內都震蕩著這滿心滿懷的懊悔！

大雨仍舊瓢潑個不停，一點都沒有要停止的意思，嘩嘩的雨聲彷彿也在嘲弄著曉清，揶揄著她……

「嗶！」桌上的手機像被人抽打似的突然尖鳴了一聲！

都去離島了，現在說什麼還有何意思，哎！曉清撇著嘴，只見信息躍然眼前：「在啊妳的頭啊！快開門！」曉清好像窒息了一般，呆了五秒才反應過來，歡喜夾雜著尷尬，最後咬著牙恨恨地開了門。

雨聲仍在喧囂著形成一道簾子，在陣歇的當兒，偶爾傳來這對小冤家的喁喁情話……

‖ 創作於：2011 年 6 月 29 日 ‖

兩個我

「惠如姑姑 —— 我的吳大畫家，今天我和媽媽逛街準備買妳這個月 6 號的生日禮物時，見到一個和妳一模一樣的女子啊！」姪女阿靜繪聲繪色地講述著，並加以比劃。

「已經 8 月快到我生日啦，今年是我的而立之年，謝謝妳們！那人真的和我很像麼！」我在致謝之餘也是驚異不已，這麼說，我倒是很期待能在這個旅遊之都遇見和自己相似的人。

下午，我不願窩在屋子裡畫素描，便決意出外蹓躂。在步行街的入口，走在我前頭的是位三十歲左右的女子，我一路走著，一路用畫家的敏銳眼光度量她：她的身材就像由我複製而出一般，同樣的高度，同樣寬平的雙肩，同樣纖細的腰！我暗地裡評價著她的裝扮：嗯！白恤衫，七分褲，綁帶的露趾涼鞋，手挽袋上掛著睡眼惺鬆的大口仔的吊飾（這也是我喜歡的卡通人物之一）。這身打扮雖不是特別時尚，但卻很舒服順眼！如果換成我，也會如此整裝的！

原是漫不經心地跟著，但當她別轉過臉時，我全身的血液幾乎停止了流動：啊！這張臉竟然和我的如此相像！這簡直與平日裡自己的臉是一個模子倒出來的！這人就是阿靜前陣子遇上的女子嗎？我的心像揣了幾隻兔子般激動得撲通撲通亂跳，按耐不住幾分緊張還有些許興奮！

我打著腹稿，想著該如何來個開場白介紹自己，她側轉過身來，視線與我交接在一起，我還未來得及堆上滿臉的笑迎上前，她卻猶如被蛇噬咬了似的全身戰慄，僵硬地回過身並加快了步伐，一副要逃離兇案現場的模樣！

我不願放棄仍緊跟不放，冥冥中感到其中定有內情：這世上竟有如此相似的面孔，這背後一定有我所不知道的秘密！緊跟了一斷路，她停在了某間時裝店的櫥窗前理拭著秀髮，但我可以感覺到她咄咄逼人的雙眼正監視著玻璃窗上的反光——我的身影！

果然，她開始轉而走向人流稀疏的公園，並不時警惕地回頭打探我的動靜。我不能跟得太貼，只好遠遠地看著她在木長椅坐下，從手挽袋取出一樽水，仰著脖子將藥丸之類的東西吞下。哦，她不會是有什麼病吧！我更不敢貿然上前打擾，仍是保持距離觀察著。她的神情顯出極度的憂慮，秀眉因過度緊蹙而扭成了兩條蚯蚓。靜坐了約十分鐘，她開始掏出紙筆，埋頭在筆記本上記錄著什麼，但又忽然撕下，在手心反覆揉搓不停。終於她起身了，整個人虛脫了一樣失魂落魄地走著，當她再次看到矮樹叢後的我時，就像電擊了般驚恐地奪路狂奔而去！

我就這麼讓她感到恐怖嗎，這真是百思不得其解！我滿懷狐疑地回到她剛才坐的長椅邊，撿起那團皺得快爛掉的紙，攤開細讀，上面是顫抖的筆跡，但仍可辨讀：「這次是真的！我保證，這次不是幻覺！我要記下作為證據！我看到了自己！另一個我！我是怎麼了！難道我的病情加劇了？我的精神啊，快快平復！！！」

長椅子上遺留的空藥瓶斜躺著，其上的標簽寫著：「精神類藥，抑制幻覺產生，需長年服用，不可擅自停止。」我細心地再次察看著藥瓶，忽然像拋棄一塊火炭般駭叫著將它扔掉，藥瓶骨碌碌地滾到草坪停住了，陽光照耀下清晰可見瓶身病人的資料：吳惠如，出生年月：1989 年 8 月 6 日。

‖　創作於：2011 年 7 月 8 日　‖

櫸樹

「親愛的，只有你是理解我的，是嗎？」她問。雖然隔著顯示屏，我依舊聞到了一股絕望——這接近末世的氣息如此強烈，混合著櫸樹葉的味道洶湧而至，是我所稔熟的，近幾年來一直圍攏著我。

她的頭像上下跳動著，我的心也抑制不住地顫動。頭像的圖片是數道金色的陽光利劍般在樹葉縫隙裡透出，帶出希望的表徵。我對窗口的那幾株櫸樹再熟悉不過了，我當然知道圖片中是櫸樹的葉片。我常感到悲哀，這頭像表達的意義是與現實截然相反的啊！

在之前半年與她的閒聊中，她通過網絡斷斷續續地向我訴說了婚姻的不幸及痛苦的遭遇。我的情感與之產生共鳴，這是個值得同情的女子，她所面臨的比其他婚姻受害者的更為慘烈。我們在初識的前幾星期，幾乎晚晚聊到夜深才睡去。當她主動傳來照片後，這情況更是有過之而無不及。

那是張生活照，她倚在一棵櫸樹下，端莊的面容很讓人有驚艷之感，那笑嫣無論哪個男士看了都不無心動。我的心就像櫸樹皮浸泡入雪水般，抵擋不住地軟化了：多麼惹人愛憐的女子啊！但是老天，她怎就不能得到幸福呢？這世界每天都在上演著不公與虛偽！

「不，我其實對妳並不了解。」我竭力用淡漠的口吻應答，「我的年齡大妳許多，都可以當妳父親了，我們之間有鴻溝的。我，只對櫸樹感興趣。」

對方沉默了良久才幽幽回話：「算了，這世界沒有人可以理解我，是我高估了你！……之前我一直沒感覺年齡是問題，但今天，我才發現我們之間是有代溝的……」

看著快速躍然屏幕的一行行字，我感覺隱隱的胸悶，猶如置身一片遮天蔽日的矮樹叢中，難以透氣。我很想換個柔和的詞語安慰她，或者說有種想擁抱她的衝動。這衝動在兩個月前也曾有過。那時，她曾突然消失於我的聊天名單，直至後來又重新加了我為好友。那次主要是因為我故意忽略了她三番兩次的暗示，並且裝瘋賣傻，用各種藉口來搪塞她。

而現今，我仍在逃避。我繼續敲擊著鍵盤：「這世界，每個人愛的都只有他自己。當時間一久，一切都原形畢露，妳會發現妳愛的只有妳自己。妳，甚至不會去真正愛一棵櫸樹。」

「我討厭你！再也不想見到你！！！」她語調激烈地

連打出三個感嘆號，可以想見她的怨懣。

但我已自顧不暇。我完全明瞭這個女人此刻的心境以及意圖，就個人經驗判斷，只要我稍微心軟她就極有可能得寸進尺地進攻，大肆摧毀我苦心營建的堡壘。

「嗯」，我不痛不癢地從鼻孔哼出一個腔調，我知道，這個字眼足夠激怒她。

「其實我自己都無法了解自己！更何況你！……我真傻…… 」她像在自言自語，又像是在試圖解釋什麼。

之後，無論她再說什麼，我都是用「哦」、「嗯」等字眼來應對。我是何等殘忍，在折磨她的同時也折磨著自己。我亦感受到自己嘴角的那抹微笑，但我無法停止下來。好比一頭被蒙上眼的拉磨的驢子，精疲力盡了，但卻無法停止兜圈，因為總有稻麥香在鼻子前端引誘著牠。我甚至於其間感受到間歇性的快感。這稻麥香於現實中代表什麼呢，儘管我也曾多番琢磨過卻總是難以參透。

這個夜晚又將結束了。當我疲憊地關掉對話框子，想照例端詳一下她的頭像，卻再也找不見它的蹤影了……果然在我意料之中。我極力想再讓嘴角牽動起一絲笑意，但是卻做不到了：她，又一次在我的聊天名單裡消失了，這次該是永遠地消失了。我很清楚。

「妳不理解我的，其實是妳不理解我……」我喃喃自語地呆望著屏幕。這可能是一個循環吧，該來的，還是要來的。我安慰著自己，但清淚還是抑制不住地打在了鍵盤上……我望向書台上梳妝鏡中的自己，這是一張中年婦人的臉，憔悴蒼老，毫無魅力可言，我輕嘆了一聲。一陣風拂過，窗外的櫸樹沙沙地奏響，牽扯起了心底的隱痛，有片櫸樹葉飄上了書桌，我極力撫平內心的波瀾，感覺到心又回復了櫸樹皮一樣的硬度……

創作於：2019 年 10 月 2 日
獲獎：《女也文學》「2020 散文及小小說年度創作優異獎」
刊於：《百度》網，2019 年 10 月 3 日
《香港橄欖葉詩報》網，2020 年 11 月 15 日

香港中區 60 x 90cm, 2011　林鳴崗

本創文學 91

趕一趟小說的行腳

作　　者：陳慧雯
封面題字：鄭培凱（香港城市大學中國文化中心主任及教授）
封面油畫：林鳴崗（旅法畫家、藝評家）
責任編輯：黎漢傑
設計排版：D. L.
法律顧問：陳煦堂　律師

出　　版：初文出版社有限公司
　　　　　電郵：manuscriptpublish@gmail.com

印　　刷：陽光印刷製本廠

發　　行：香港聯合書刊物流有限公司
　　　　　香港新界荃灣德士古道 220-248 號
　　　　　荃灣工業中心 16 樓
　　　　　電話 (852) 2150-2100 傳真 (852) 2407-3062

海外總經銷：貿騰發賣股份有限公司
　　　　　　電話：886-2-82275988 傳真：886-2-82275989
　　　　　　網址：www.namode.com

版　　次：2024 年 1 月初版
國際書號：978-988-70340-3-2
定　　價：港幣 88 元　新臺幣 320 元

Published and printed in Hong Kong

香港印刷及出版

香港藝術發展局全力支持藝術表達自由，本計劃內容並不反映本局意見。